U0329997

Flowing Water
by
Chen Dongdong

流 水

陈东东 著

华东师范大学出版社

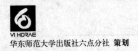

华东师范大学出版社六点分社　策划

目录

2

流　水

［戏仿的严肃性］

I

引　起

跟每一种传闻都不一样。当伯牙出于旅行中惯常的无聊、倦怠和对一个未必不冒昧的陌生听者的好奇心，在一艘泊靠光阴之城小码头的旧船前甲板奏罢**流水**，子期并没有一语中的，即刻间征服操琴人那颗骄傲的心，而被引以为声气相求的契友知音。子期只是以沉默相向，让一丝余音能更为邈然地缭绕盘桓于清泠的长空。在伯牙面前，子期木然枯坐得如此之久：他那件蓝布衫儿被满月照白，又被从贯穿光阴之城的逝川里泛起的水雾濡湿，最后却又让夜风吹干了。只是当黎明像眼睛睁开，子期起身告辞，离去，伯牙才意识到，他究竟是为谁演奏了那一曲。伴随着无端虚脱之感的暗自兴奋为他带来了晕眩、飞升和想象的欲望。他感到，无限虚空仍充沛音乐，或许，应该说，音乐仍充沛无限的虚空。尽管，为子期的那一曲几乎算不上真正的一曲，正如冥想算不上真正的追忆，而追忆作为迷失的方式，算不上是真正的技艺。但子期的凝然不语却使之成为终极奏弄，总结性的一曲，欲概括善琴者伯牙命运里全部的意愿、信念、幻想和激情。而现在，在逝川纵贯的光阴之城，在旧船之侧和伯牙周遭，**流水**又以它物理的规则被天然地奏出了，带着起源、净礼仪式和它的再生性，带着它的镜子皮肤和迷宫内脏，带着它的折光、幻象、回潮、暗影、清澈、浑浊、鱼鳖、泥沙、舟楫、原木、尸首、旧梦、瓶中信、避孕套、笔记本、其中的言辞水母和以时间为比喻的莫须有本质，再加上，音乐。以这种浮泛、虚拟和随心所欲的联翩变奏，子期的全部沉默正在被说出。那也可以是全部话语，子期的冥想、追忆、迷失和倾听之技艺，以及他赋予**流水**的臆想的文字谱。

1

欲望与记忆

……明辨和默认。用侧耳这不易觉察的催眠，去追索音乐中可能的时间。一个唤作幻象的乐师优先于你，却唯有在你的即兴**流水**里局部复活。如果，曲调不仅是你的欲望，而且是你所欲望的记忆，那幻象乐师就会把意愿朝向回想，以一个几乎被遗忘的鼓琴身姿，令往昔回响于物质掀动波澜的此际。每一个乐音上溯，直到最初的乐音之乌有；而每一次奏弄，都抵及最初的奏弄之梦。这就像你会在光阴之城的内环线看到的，橙色公交车摇晃，驰向作为终点的始发站，那被认为是终点的始发站。在那样的始发站我第一次倾听，出于黑暗的幻象乐师则融入强光。没有其他人在意音乐，众人的欲望不同于你我：他们争先上车去夺取很可能并不属于自己的座位。他们将环游光阴之城。

*

幻象乐师也想要环游光阴之城，他的好奇心更甚于众人。当橙色公交车环城一周，摇晃着回到终点始发站，那幻象乐师要架起他那张或许的琴，以看不清的身姿，在车站凉亭的阴影里抚弄。他企图把他的沿途所见全化入音乐，去饱满持续饥饿的灵魂。空气并没有为之振动，空气在音乐里归于往昔，你的欲望归于往昔。而重返往昔，不正是操琴人真实的欲望吗？有如一个人迈向老年，为了终于能拉开距离去忆及出生，幻象乐师也要把对光阴之城的每一寸回想用身姿完成。即便没有谁记得那曲调，身姿也必定有它的回响。——当听力之网向逝川撒开，被网获的，就会是记忆河床里所有的音乐，甚至那并未成形的音乐。

*

正好是记忆使并未成形的音乐成形。这既是一个听者的欲望，更是一个于七弦间缓慢世界的琴人的欲望。幻象乐师，他难道不正是欲望的乐师？他抚琴如抚弄一段春风，特别当他在王妃的卷帘旁，在贵夫人的月下，在惊梦小姐或狐媚的后花园，在青楼艳姬的花梨木床头，他抚琴为了使欲望成形。而当他出现在橙色公交车终点始发站的简易凉亭里，当他的欲望是他的记忆，并要以一曲将这种记忆展现给听者，对众人来说，他就仅仅是一个幻象，是无碍于欲望的幻象乐师。不过，现在，在光阴之城的这座小码头，在你的奏弄里我将他听取，我忆及了他，我令他成为你奏弄之中更悠久的奏弄，仿佛这流水逝川的来源。我不知道，这是否也正是你所欲望的？

2
文字谱

仿佛已经被唤起

当姿势还只是

云阵里海东青

对鱼的羡慕

并不确切地俯身

在弦索的七层波澜之上

一个听不见的

虚设之音升向黄昏

触及闪耀的长庚星光芒

然后弯曲、垂落

像一颗信号弹

令奏弄开始

那素琴横陈
就要在其上吟猱的左手

是否已准备好
去抚慰少女怀春的

身体？食指散缓
或中指急下

右手则拂过
被金徽标出的敏感音位

这最初的乐句
难免清柔

难免比风多一点
间歇。……如果

蓝色，还不是操琴人
不竭的心

3

记忆与意会

在光阴之城里，在公交车暂停的终点始发站，当一座简易凉亭的阴影把昔日的乐师也遮蔽了，你不妨推测，他会是一个相对于此刻的影子乐师。一阵风轻捷地拂过那凉亭，一支他试奏的莫须有曲调，被风拂弄，似乎仅仅是那阵风本身。只是在一个记忆的时刻，譬如说，现在，从你对**流水**臻于完美的即兴演奏里，我才意识到那阵风也会是曲调本身。记忆，这时间养成的必要翻译，总算让我们有所意会。既然影子要消失在一片更大的阴影里，那更大的阴影也将被视作影子的扩散，乐师在其中的随意拨弄，无非影子已随处皆是。所以，对一个失去了轮廓的乐师而言，回忆其光芒下曾经有过的飘移的影子，只是要意会每一片阴影。虽然阴影几乎已不记得，有多少影子曾融入自己。大概正由于影子乐师的意会之心，不仅阴影，甚至他环游光阴之城的每一种所见，都可能化入清风曲调，并且被一派作为回想的回响说出，并且被一个多年之后专注于**流水**的侧耳者听取。

*

而如果，一颗月亮能够在**流水**中找到其映像，在听取一支回响的琴曲时，听者就有可能回想起当初的另一位听者。对应于昔日的影子乐师，另一位听者也有一段记忆，得以靠音乐莫须有重返。仿佛又安坐于缓慢行进的橙色公交车，在它视野开阔的前座，你再一次饱览了光阴之城内环线沿途的景色风物。玻璃水塔确立在隐约的撩拨之中，顶端那硕大翠绿的球，把下面的七座小广场凸显，一记轻挑，弧形的喧嚷和宁静重叠。你还会看到蝴蝶样式的街心花园，它那被枫树林遮去一半的睡莲喷水池，可以从泉鸣调间奏里听取。转过由宫商二弦筑起的旧城墙，又转过黄昏钟悠久的教堂，以前朝王府为核心打开的菜市场繁忙，在乐音和乐音的停歇处展现。接着是电影院，是盲童学校，是茶楼和废弃的快船小码头，多年之后，在那里，也许有一位善琴者泊靠，即兴奏鸣周遭的**流水**……最后，灯盏，几家正在打烊的烟纸店，稍许的余韵也被你捕获。这一切出乎听者预料，正如它出乎乐师的预料。因为，你知道，并不是由于他们的记忆，而是由于他们所怀有的意会之心，才得以在音乐里，重建光阴之城曾经的那部分。

4
意会与期待

宝塔的十八枚悬铃摇晃。那可能是因为过路清风碰响了它们，从而有确切的音乐传达。从玎珰作响或嗡然低鸣里，有人甚至能听到飞檐下青铜蕴含的隐形乐师，但愿他现身于意会的琴曲。他已经不限于简易凉亭，他扩散开来了。所以，在光阴之城西区一座复原的庙宇，在它的回廊间，一个寺僧惯于期待，那清风度送的乐句会飘向周而复始的循环漫步。被细腻地镂刻的回廊扶栏，在灰砖甬道上移动繁复错落的影子，令期待者意会，或许乐师也现身在光芒里。当寺僧以另几种方式期待，——譬如说，伫候，看太阳从宝塔的一侧驰往另一侧；譬如说，回味，让去年的燕子在梁上旧巢里再次被孵养；譬如说，无望，不再以自己梦游的步态去紧追匆匆而过的光景；——他又意会到，被期待的一曲说不定已经被期待错过了。果真如此，寺僧将意会他所有的期待。尽管，我不知道，对意会的期待和对期待的意会，哪一样会引起我听到的琴曲，哪一样会产生一个善琴者抚弄的**流水**；但音乐却因为寺僧的每一种期待和意会而确切地传达。那寺僧踽踽进入宝塔，比一个慢调更为缓慢地攀向最高层。也许他意会到，音乐正来自对音乐的期待，正像这宝塔的十八枚悬铃，来自想听它们被风碰响的隐秘期待。

5
文字谱

一种指法被喻为
幽禽，它躲避寻常的

悦耳之音
拇指虚点

置喙于远树
在弦上嘎然

而另一种指法是
栖凤梳翎

幻想的左手中指
推出，拇指则弯曲

近掌竖立
载拂其羽翼

它弹出的并不是
声音或寂静

并不是声音或寂静里
一个能够被看到的

形象，和足以从形象
悟得的深意

它仅仅只是奏弄本身
跟虚空同时出现的

力量。它抵消虚空
也可能正好

被虚空抵消
当它从它的比喻

还原，它更是它本身
几乎不应该被称作奏弄

6

期待与虚构

一位以措辞闻达的琴人歌咏过风，描绘它如何起于静态，起于毫末，起于无从捕获的初始；似乎风因为一念而启动，由于想当然的空气汇入而活跃、壮大、强劲和浩荡，不仅拂掠人面、衣裳、柳枝和云霓，不仅使青铜铃铛轻响，也不仅撞击门户、摇撼楼宇、呼啸于原野，而且可以被现身的乐师化为曲调，可以被一个寂寞的寺僧于期待中听取。那寺僧此刻在宝塔的最高层，他俯瞰无边的光阴之城，见万物掀动，却难以看到风的吹息。对这个高处的观望者而言，风，仅只是所见的众物之掀动。而如果寺僧仍有所期待，他就会想到归结为心动的经中圣言，把风又归结为以措辞闻达的琴人的虚构。这就像风中现身的乐师，因期待音乐而虚构了曲调；要么是一个期待的听者，寺僧的影子，在寂静中虚构了可能的音乐。而光阴之城的逝川岸畔，在这座小码头，因我的期待那善琴者伯牙把**流水**虚构。并且在你所虚构的曲调里，一份期待又令你虚构了自己的听者，听者子期，子期的沉默，和我在沉默背后对**流水**音乐的又一重虚构。那么这虚构不更是期待吗？虚构的音乐期待一个人真实地倾听；虚构的风，期待把万物的真实性掀动，期待把寺僧在宝塔上期待的那颗心掀动。

7

虚构与空无

善琴者伯牙，你手指的舞蹈课在架起的素琴教室里开始；你手指的运动会在排开的弦索跑道上继续；你手指的光芒，照亮声音封冻的冰川，并使之溶化，成为被听见的**流水**音乐。而在你的演奏和我的倾听里，那真实的**流水**，汩汩而过的泛白的逝川，却几乎不存在，或仅只是虚构的，如影子乐师在曲调间终于是隐形乐师。**流水**缓慢，或许激越，被空气传递，被听力之镜映现在音速的耳廓和鼓膜。能够表明其真实性的，有时候，是乐音和乐音间、乐段和乐段间偶尔的空无或必然的空无。这空无并不是**流水**曲调的一次休止，光阴之城里让公交车暂歇的一个站点；这空无更像是以自身为轴心流转的漩涡，它方向的众多可能性使之终于是无方向的。它深深地下陷，又更深地下陷，形成音乐间一个负面的声音漏斗，或**流水**之中的反音乐山岳。这空无漩涡的真实性，却无非音乐的完美虚构，有如纸上的空白，是诗行和诗行的完美虚构；我深深的倾听，是一次奏鸣的完美虚构。

*

然而，有一天，在易于迷失的光阴之城的螺旋曲巷间，当近午

19

时隐时现的太阳带给人稍许的晕眩，一重过街楼移动其阴影，把那位鼓琴的影子乐师显露于亮光。这明暗转换的一瞬，乐师返回隐形，手指和弦索又有了一次短暂的相忘。而如果有人正在他上方，在过街楼厢房敞开的木窗下品茗、细听，那人也许会把音乐设想为可以被耳朵把握的形式，而空无则几乎是它的非形式，是曲调所虚构的秩序时间之外的不存在。空无并不被奏出，被听到，它甚至并不是我们认为的那种虚构。很可能，空无是无法被音乐虚构的那部分形式，或无法因形式的需要而被虚构的那部分真实。在乐师——虚构的变幻乐句里，空无没有变化，就像蛇一次次蜕换皮囊，其花纹样式却并未蜕换；就像光阴之城的螺旋曲巷被一次次改建、翻新，那过街楼跨坐于弄堂之上的基本姿势却依旧是当初的。空无是一切声音之底色，或无色，在空无之上，你虚构音乐；在空无这混乱的不存在之上，你虚构秩序和形式，令一颗灵魂归于寂静。

8
文字谱

紧贴着奏弄者抽象的脸

一对褐枭飞过

掠向脑后

掀动的翅膀为耳朵带来

大气的声音

而它们本身

是指尖在弦上的双弹或打圆

往来、进复、退复和分开

光芒从星座到对面的星座

从月亮到一颗

水中之月

这比喻乐音

在技艺的虚空里

转换不已

它终将是一个弦外之音

如一对褐枭

终将归结为

飞翔之神奇

身体和羽毛

则化为腐朽

左手又进复，推出

进复和推出

为了让乐音

在光芒之后有新的光芒

在掀动的翅膀间

有一粒无滞无碍的精神

9

空无与言说

在光阴之城，一个出售曲谱的小摊贩会要求顾客支付言说。也许，他认为，音乐的确立有待于得到非音乐的言说——言说是音乐的最高价码。奇怪的是，他拒绝收取对曲调中空无的那部分言说，却又把空无作为他最为寻常的言说找头。这是否因为，空无是裸露于音乐的言说（如果音乐是令言说的幻象隐形的光芒或更广阔的黑暗），却又是音乐无从言说的部分，一种反言说，一个空洞得说不出的幻象，犹如穿上了氨纶紧身衣的隐形乐师，仍不能在镜中见到自己裸露的那部分。这一猜测显然不确切，它甚至会带来新的迷惑。而当没有人能够道破这迷惑的时候，伯牙，我不清楚是我还是你，更有兴趣去客串做那个出售曲谱者。

*

实际上，很少有人乐于做一个出售曲谱者。原因在于并没有多少人光顾摆放在木拱桥廊下的音乐小摊。在小摊四周有另一些摊位，出售蜡烛、满天星、海棠和香榧子，出售手工的蓝印花布，旅行者和久驻光阴之城的市民，更愿意在他们中间流连。只是偶尔，在大获满足或百无聊赖之际，才会有人踱向扇形摆

23

开的曲谱，拿起一份，随意赏读，终于忍不住有所言说。跟想要得到光阴之城其他货品的方法相似，要想得到音乐，其方式也必定是说出那音乐。不过，出售曲谱者有高一点的要求，他不仅要求说出，而且要求说对。他至少要求那顾客不会去言说空无。在他看来，任何言说之于空无都只能是错误。或许正由于这一缘故，这小摊就更少了光顾之人。光顾者总想要哪怕对空无也言说一番。

*

如此，在一曲奏罢，在你的旧铁船沿逝川而进，从光阴之城的木拱桥下经过的时候，你会对那个曲谱小摊多看一眼，你大概还会问：那连同曲谱一同售出的音乐之空无，是如何被估算的？既然，对音乐的言说购不到音乐之中的空无，而空无，却足以抵消过分的言说，那么，音乐的价值是否主要是空无的价值？而空无的价值，却要以造成那空无的音乐去衡量？或许，支付给音乐的言说，实际上付给了空无？这就是为什么那小贩又会把空无去当作言说的找头。可是，如果空无是一种非形式，是一种非音乐，是一种不容言说的成分，空无又如何与音乐，如何与言说相联系呢？你知道这不会有什么答案，而我则想说这近乎一个言说的游戏。现在，在我们不想将言说的游戏继续的时候，伯牙，我不清楚是我还是你，更有兴趣去客串做一个空无的估价师。

II

入　调

当没有听者在跟前的时候，伯牙会习惯性地沦陷在自己的听力之中。他比任何听者都更注意倾听，他体内的听者更甚于他体内的那个演奏者。趺坐在已经被太阳晒得微微发烫的前甲板上，这一次，伯牙抵达了对一个像他这样的琴师而言致命的幻听。这幻听的象牙球玩具里，层层相套着对子期的倾听之幻想、幻想中的子期之倾听，以及子期的幻听中对他的一切倾听之遥忆、回味、幻想和臆测。所以，这一次，在光阴之城，伯牙沦陷于其中的其实是一个听的漩涡，而带来这漩涡的正是**流水**。作为境入希夷的奏弄大师，怀着当红影星翻看画报封面上自己的大幅美人照的那种心情，伯牙也曾在旅程中听到过几位自封的识琴者聪明、却难免误会的由衷赞叹。而这一次，要表示称许的将会是奏弄大师自己。因为子期的倾听，特别是因为他的沉默，伯牙得以真正入调，自孤高岑寂、淡入悠远的弹拨间，辨析不仅从自己的七弦扩散的琴音和仅仅从自己的七弦扩散的琴音，以及，那并非不被听见，而是被听见忽略的弦外之音；甚至并非被听见忽略，而是被听见以确认的方式无视的音外之象直到象外之意。有一支黄铜号角忽然在离小码头不远的水兵营地吹响，几乎打断了琴师伯牙的幻听而不是演奏。不过，很快，那喇叭也汇入了听的漩涡，并通过这漩涡漏斗成为**流水**中不能分辨的新的暗流。只稍微浮出了一小会儿，伯牙又更深地沦陷进幻听。他同样会误会，他并不能想象，子期的沉默是如何以话语镂刻进玲珑的象牙球玩具的。

10

言说与意会

一注**流水**要映现多少莫测的幻象？时而是云影，时而是星空，是雁阵和人面，是博物馆的尖顶因瞌睡而弯曲。在某个黄昏，被映现的也许是影子乐师，飞过逝川，接着又飞回，素琴的焦尾被溅起的浪花打湿了一半。素琴奏出的那个乐句，你知道，也会有一样繁多的言说。言说在乐句之上，令乐句将它们映现。几乎是因为言说这幻象，影子乐师抚弄的一曲才成为音乐。世界因言说而变得迥异！不过，在逝川岸畔的老红灯区，在有着九扇水晶屏风的承露夜总会，影子乐师迷恋每一个粉妆艳姬、小蛮腰淫娃，抱定的却必然是与他灵犀相通的夜女郎。影子乐师要让她脱去障眼衣饰，呈现身体的本来面目。而在另一侧，在这座小码头，撇开众多的言说幻象，我所意会的，也正是你已经入调的这一曲**流水**。

*

意会乐句或乐句连缀的这支琴曲，听者的表现是他的沉默。而奏弄之先，或当你奏罢，你的表现也一样是沉默。在你的沉默里，听者以沉默意会**流水**；而当听者有所言说，沉默被打破，

27

你奏弄的曲调浮现出音乐。实际上，在这座小码头，奏弄本身已打破了沉默。曲调也就是一次言说，是所谓音乐。至于听者，其言说的也正是他所意会的。而如果意会是脱尽言说衣饰的裸体，那承露夜总会的夜女郎裸体却依然在言说，被惯于抚琴的一双手抚弄。她眉间的朱砂、唇边的美人痣、小小的乳晕围起的乳头、肚脐和阴蒂、嫩大腿上隐约的胎记，是影子乐师所一一比拟的恰巧的金徽……既然，水晶屏风后，弧形睡榻上，那影子乐师以夜女郎身体的幻象之琴奏弄了音乐，我又为什么不放弃沉默，去言说意会中入调的这一曲**流水**？

*

伯牙啊，当影子乐师因抚弄唤起了夜女郎的舞姿，从小码头望过去，你会说舞姿才是那音乐；正如逝川，它的流动才是那音乐。只是因为舞姿贯穿，夜女郎的霓裳羽衣或无碍的裸体才相关音乐，那言说或意会，才相关音乐。又正好是由于影子乐师的曲调贯穿，夜女郎领受抚弄的身姿才成为舞蹈，才被言说或意会成音乐。而如果那裸体并不意会影子乐师忘情的抚弄，而如果那抚弄并不被裸体用姿势言说，在承露夜总会迷乱的氛围里，影子乐师将如何使他的一曲成形？舞姿在那边光影里暂歇，这边，泊靠小码头的旧船甲板上，你的琴曲依然继续。奏弄的手指在弦索间言说，一个听者则用心意会。或许，不一样，素琴将意会传达给空气，听者却言说，你正在入调的这一曲**流水**。

11
文字谱

不必想象

被奏出的音乐

在素琴上

手指的雁舞

手指的凤舞

或手指像文豹

在横过月影的松枝下偃卧

将带来想象所难以想象的

一次惊心

一种颤栗

仿佛正埋入

情人发丛的

寻欢的鼻子

被静电击打

每一个乐音都不可预料

唯有指法，虚点

细吟，让空气传达

一支曲调，触及了鼓膜

奇迹在世界的绝对真实里

更像这世界的事物本身

不带有

一丝想象

不带有

一丝神秘

只确切地存在于

平静自若的奏弄之间

12
意会与空无

从光阴之城旧城墙高耸的一座角楼，能够看清楚与之遥遥相对的宝塔，寺僧在最高的那一层凭栏，跟角楼旌旗间摆开素琴的乐师对称。在他们之上，像三角形越来越清晰的顶点，一钩新月把黄昏过渡给到来的晴夜。那寺僧听不到影子乐师月下的抚弄，他能够听到的仍只是隐形的一曲清风。空气传递音乐，将抵达宝塔和寺僧之时，音乐却已经变成了空无。不过那寺僧未放弃倾听，即使是空无，他也能从中意会到音乐。遥遥相对于素琴奏鸣的渐暗的空无，乐师心灵虚幻的不存在，像月光为他带来的影子，甚至已不需要加以意会了。而那个寺僧依旧凭栏，他意会角楼上乐师的曲调间更深的空无，虚幻中真正的秩序和绝对的肃穆。在这样的意会里寺僧令空无超出了空无，一支已经被不存在熄灭的曲调又复燃，呈现属于空无的形式，和超出了空无的意会的形式。当寺僧又意会这再获的音乐，意会也肯定超出了意会。他听到未曾被空气传递的所有的音乐，包括还没有奏出的一曲。

*

这样的对称里，另一个对称的反例出现，为了打破这对称的格

31

局。——就是在同一堵城墙之下，仿佛被同一钩新月照耀，一个以推断见长的将军有一次失误。他曾经率大军攻打不设防的光阴之城，却受阻于城楼上同一位乐师匆忙的一曲。那将军仿佛听到了音乐，并且被灌迷糊，并且在迷糊中收兵和退却……或许他未听到曲调中近于颤抖的寂静，不懂得意会军心涣散中混乱的烦躁？事实上他听到的仅仅是空无，当空气把音乐从高高的城墙上传递给大军，能够抵达将军和马耳的，也无非是空无。那么，推断将军并非被一支琴曲击败，他遭遇的是那支琴曲背后全部的空无。那么他如何意会这空无，哪怕是外行地，以毫不意会去意会空无？他的撤退似乎表明他一样触及了更深的空无，意会到城楼上乐师内心的镇定和安详。他也从空无超出了空无，从而使意会不仅是意会？……然而，伯牙，真的是由于意会的失误吗？那推断将军从空无意外地获得了音乐，包括乐师还没有奏出的，能够把大军击败的琴曲？

13

空无与期待

绕过邻近水塔的中医院，穿过两排夹道青榆树，从那座出售曲谱的木拱桥过河，你会看到，由兵器库改建的实验小剧场半隐于暮色，迎接并不会太多的观众。月上高竿后，巡演到光阴之城的流浪人剧社，要搬一出老戏上台，要让一支琴曲，由隐形乐师在暗中奏出。音调渐低时，现身的男主角会被你认出。更多的时候，看戏的人们却忽略这男主角，一心只期待琴曲有可能带来的音乐。而那出戏关涉的也正是期待，那个男主角，在舞台上表演的也正是期待。当月亮已经向光阴之城的宝塔和正西门偏去的时候，兵器库小剧场，正演变为一座期待的小剧场。这期待的戏剧令期待以外的都成为空无，甚至期待者也只是空无，甚至期待，也只是空无。众多的空无，为了更凸显被期待之物，仿佛它随时会到来，不仅来到剧场的此夜，不仅来到反复的戏中，也不仅来到涟漪般散开又聚拢的期待……结局是出乎意料的必然：那被期待之物、终于向期待现身之物也只是空无。流浪人剧社如此完成此夜的戏剧，令期待本身即期待的戏剧性，即空无的戏剧性。它延伸到它的戏剧性之

33

外，在兵器库小剧场岑寂之后，又月光般映照有**流水**琴曲入调的小码头，似乎想问及，在你的演奏和我的倾听间，同样的戏剧会不会重演？

14
文字谱

然而，奏弄
把声音从梦

运送到指法
向七根弦索

恰切地低语
那七弦转达的

却可能已不是
最初的那个梦

有如经历了
一次混血

婴儿的瞳仁
异色于父亲

曲调在空气里
成为它自己

成为它想要
倾听之耳产生的

那个梦。比预料
生动，却不够准确

令双手唯有
再一次奏弄

啊奏弄
再一次

去恢复一个音
去恢复一个梦

去找回指法的
精神之父

15

期待与梦想

在光阴之城，几个到火车站附近的一片幽林去玩耍的小男孩，在游戏间歇里，会安坐于道边的旧枕木上，等一列梦想的火车经过。而在一列到来的火车车厢里，在硬卧的某个晦暗的中铺，隐形乐师以一个乘客的身份现身，半躺着朝窗外偶然一瞥，会把那几个期待的小男孩当成自己早年的梦想。换一个场合，在一幢因梦想而建筑的花园里，那期待情人的惊梦小姐要返回一个梦，要让一个乐师为漫长的下午奏弄一曲，而那个乐师从隐形中现身，会把这下午也作为他经历的又一个梦境。跟他们不一样，在倾听深处，我不敢去期待不可能的音乐，而仅仅把它们归于梦想。可是，当不可能的音乐从你的手指和七根弦索间到来的时候，我有所憬悟，我意识到自己也一样期待过不可能的梦想，并且仍然在期待更难以想象的一个梦。几乎是因为你即兴奏出的不可能的音乐，唤起了听者更大胆的梦想。而由于这梦想的存在，期待才又一次出现在倾听深处，出现在花园里一个越来越憔悴的身形之中，出现在铁轨弯曲处，在模仿世事的两个游戏间，在一声隐约的汽笛长鸣里。这期待当然更被你铿然的琴音所蕴含，那琴音却已经是又一个梦想了。在攀向更高的奏弄之梦时，你，善琴者伯牙，也带来了更为过分的期待。

16

梦想与虚构

多少年以后，伯牙，你我的相遇很可能会变成一个传闻，一种虚构和一位诗人重临逝川时短暂的梦想，只不过被当作一阵风过耳。在这阵风之外，有时候，别的故事也会像一阵风刮过光阴之城的街巷、院落、屋脊、老虎窗，改变风信鸡的姿势和指向。那隐形乐师曾倾心于茶楼上说书艺人的演义传奇，讲的是睡美人，被一位王子以一吻唤醒。当那个乐师低眉抚弄，茶楼上虚构故事的说书艺人，是否又反过来成为听者，并且从一个鼓琴的影子里，看到了相似的梦想或虚构？手指释放的，并不是藏于素琴的弦索间，藏于岳山、龙池和凤沼之间的睡美人之梦？琴曲呢喃，难道不正是出于梦想？但说书艺人会假设素琴里并没有可能的梦的寄居地，那仅只是一段被拨弄的梧桐木，就像睡美人，也许仅只是倒伏于林中的石头塑像。那么，是手指以一吻虚构了素琴睡美人的音乐梦想吗？或许，梦想是虚构的一个借口，一面镜子，折射太阳光芒的月亮，**使流水**发出声响的卵石、水槽、滩涂、杨柳岸或**流水**本身？

*

带来曲调的是你的手指，它在素琴上完成其魔术，像另外的戏法，会需要礼帽或火焰为障眼法。但如果鸽子或金鱼并不被隐藏在礼帽之中或火焰之下，但如果素琴并不是可以被奏鸣的乐器，戏法或魔术又会以怎样的方式收场呢？光阴之城的一座茶楼上，说书艺人又提起另一个传奇故事，关于动用符咒的方士，如何用大雨把旱季淹没。抵靠着半面石灰墙听书的影子乐师或许会发问：是方士在晴天虚构了大雨，还是仿佛胸中的梦想，大雨早已蕴含在飘来的乌云之中了？当说书艺人转而又成为一支悠然琴曲的听者，他另一个设想，就近于一个委婉的回答了。手指虚构于七根弦索间，无非是可能性，是一种努力，是一道咒符或王子的一个吻；而睡美人并未入睡的双唇，云中的雨意，弦索所蕴含的万千音响，则呈现为梦想，并不是可以被凭空虚构的。那说书艺人是否又认为，虚构才仿佛一个借口，而梦想是被照亮的月球，被唤醒的睡美人，被催降的大雨，被卵石、水槽、滩涂和杨柳岸塑造的**流水**、**流水**本身？

17
文字谱

工匠在塔上
敲打银瓦爿

电视台的飞艇
悬浮于近旁

一朵玫瑰云
离开得稍远

而云中那醒于敲打的
母龙，沉吟着现形

沉吟着现形了
不再去梦见

声音带来的
天际幻象

幻象中一条
折腰的母龙

这近乎一个装饰指法
在弦上拨弹

让虚音浮泛
却不让虚音

成为属于其自身的
那个音，而仅只

点缀，如塔上的
银瓦爿传递光芒

电视台的飞艇空自悬浮
一条母龙沉吟着

醒来，不再梦见
弦索迷宫间提升的手

18

虚构与凝神

天文馆坐落在稍稍隆起的丘陵之上。它的下面，有逝川的急转弯，隐士的洗耳处，和新近用花冈岩修建的古琴台。作为雕塑而现身的乐师，在古琴台的香樟荫阴里凝神，让游客于无声中各自去虚构可能的琴曲。他的影子则会在天文馆附设的光学博物馆映现于铜镜，说不定只是被铜镜虚构。而如果他面前是一面透镜，当焦点聚拢，正仿佛凝神，影子乐师将会在光中被放大或缩小，一个投影，也许是更为虚幻的影子。乐师又参观了凹镜和凸镜，能复制无数镜像的对镜，然后，止步于一颗旋转的水晶球。那水晶球演绎整座天文馆，演绎它下面的逝川，隐士洗耳处，古琴台上乐师的凝神，和游客虚构的一支支琴曲。讲解员解释说，那是被虚构的琴王星一景。

*

影子乐师继续参观，并现身在天文台最为雄伟的望远镜前。透过望远镜，他看到漫无边际的真实的宇宙，宇宙中飘浮的巨大石块，缓慢移动的星座，发光的太阳和企图吸呐光芒的黑洞。那虚构的琴王星则必须靠凝神才可能看到，那坐落在琴王星隆起的丘陵之上的天文馆，它下面一条河流的急转弯，隐士的洗耳处，古琴台上的雕塑，香樟和过往游客，则正是凝神观望中虚构的一景。这也是水晶球演绎的一景。这也是他身在其中的光阴之城的一部分现实。那么，虚构，不过是凝神中现实的光学变化吗？乐师未找到向他提供解释的讲解员，但却在一幅抽象的星图间，找到了虚构的星宿可能的位置。那只是星图的一角空白，或一片黑暗。可是，当影子又一次凝神于空白或黑暗的现实，就又会有琴王星显形，被虚构。

*

在并不存在的琴王星上，在水晶球的透澈和光阴之城渐渐晦暗的天色之下，虚构是凝神带来的海市蜃楼吗？如果凝神是过于专注而灵魂出窍，那真实的灵魂，也一样进入了虚构之物吗？得到了确切答案的乐师，其凝神的影子或偶尔的现身，又是否也将化入虚构？从乌有之星或缩微风景的水晶球里，是否也有一样的凝神，把光阴之城当成了镜中反映的灵魂或自我，去虚构可能的琴曲、游客、香樟和雕塑，去虚构确切的古琴台、洗耳处、丘陵之上的天文馆，和一位变来变去的乐师？小码头上，你奏弄的**流水**近于激湍，使一个听者如天文馆下急转弯的逝川改变了他所关注的方向。然而关注却仍然继续，并且这关注已经成为对你的琴曲的凝神倾听。在我的凝神里，伯牙，你虚构了多少灵魂的音乐？

III

插　曲

……掠过一片宇宙黑暗，并且因为太黑暗了，不知道自己是否正掠过。航天者 1 号更多地经历，尘埃、星团、星云和粒子流。它始终，或无始无终地经历着。旅行从虚空经历着虚空。

航天者 1 号抵达下一站。也许只是假设中抵达。它恰巧——于是就显得更不真实——跟一个自认为来自巴纳德星伴星的星际人相遇。这样，它胸腔里，由钛柱固定的那个铝盒就将有机会自动打开，呈现一片镀金铜碟和一枚尖锐的金刚钻唱针。

以一个臆想的献出姿态，为了让也许的星际人倾听，镀金铜碟开始被航天者 1 号转动。如果事情进展得更顺利，那么，应该是星际人令那张铜碟按要求转动，而金刚钻唱针则有如未曾被大气层妨碍的一线光芒，激射于其上。

被灌入碟片的**流水**是否被星际人听见？当航天者 1 号和星际人周遭真的有看不见的媒介产生声波，并给出一个恰当的音速，令星际人那专门接受振动刺激的特化感应器将其读出，星际人是否就听见了**流水**？

星际人可能是纯理性动物。感性已经被进化淘汰。他并不能触及镀金铜碟，他无视碟片映射的刺眼的光芒，他尤其已经不再知道如何去倾听。音乐对星际人并不存在——感觉早就从生命里滤净。他由此和宇宙达成一致，永恒而冷漠。

星际人的一切都化为概念。当航天者1号与之相遇，他只是跟来自地球的飞船这概念偶然相遇。在这概念里，他又发现了铝盒、碟片、唱针、音乐和**流水**等一系列概念。他的理解力使他立即明白了这一切。但他只是在抽象的定义层面读出了它们。

在这一站，航天者1号遇到的是一个概念推演的或许的星际人。甚至，他并不推演，而只是存在于概念之中。具体的感受对他是一个无谓的概念。

然而**流水**并不是以一张碟片的方式存在着的。当**流水**只是碟片中的声音这概念之中的一个概念，而不是一支曲调、一番奏弄、一派乐音和一段光阴，它就是不存在。当航天者1号以地球的、人类的、文明的、技艺的直到音乐的使者身份跟星际人相遇，星际人未必也与之相遇了。纯理性的星际人其实不知道倾听为何物。

19

凝神与欲望

在光阴之城，会有人提问说音乐场合是如何到来的。那答题的幻象乐师，通常以凝神相对。而如果那乐师被追问下去，那么，他将开口说答案是欲望。这确切而浅显的回答并不想表明：当一架素琴横陈此夜，它内部的欲望是凝神唤起的，如我们惯用的那个比方——少女的爱情被男朋友的抚弄从身体里唤起。很可能，这答案要揭示的无须揭示，因为它仿佛明摆在那里：你抚弄之中饱满的欲望，把素琴之凝神化成了音乐。不过，当接着被问及什么是欲望时，一个现身的乐师，将会去考虑音乐中的凝神。实际上他却又倾向于认为，应该由欲望回答凝神。这样，一条假想而实用于问答游戏的两头蛇格言被抛了出来，像一句反复循环的旋律：所有的欲望归结为凝神，而凝神被所有的欲望归结。

*

或者说，那答案的金币两面未必分别是欲望和凝神，它的两面也许同一。当欲望是金币的正反两面，凝神就可能是金币的毫光。相反的比喻更强辞夺理。我想说的是，欲望充盈于凝神；

用另一种方式表达则不妨说：当欲望行进到即将上登音乐天国的炼狱山顶，它长出翅膀，化身为凝神了。这说法平庸，不确切，却适合此时的奏弄和倾听。在你的奏弄和我的倾听里，在光阴之城其他可能的音乐场合，凝神是欲望的抑制策略，是兵法中所谓欲擒故纵。正是在到达凝神之际，欲望终于达到了目的。看上去，凝神已不含有任何欲望，但凝神是欲望的最高形式。凝神在欲望的顶点，它抽紧欲望，并打上了一个唯有凝神能解开的绳扣。

*

有时候，尤其在这座光阴之城，凝神和欲望也会被当作时间里相互的翻线圈游戏。既然音乐是一段演奏和倾听的时间，其凝神和欲望，也无非是时间的不同状态。回返、重临、逆行、再抵、又进、复沓，乐师和听者的欲望要进入和获取以音速流逝又循环的悠长世界。收束这欲望的，我说过，正好是凝神。一种静止，一个极点，结局和开端，如橙色公交车的终点始发站。那么，在你奏出的**流水**之中我听到了欲望，这欲望是被我的凝神听到的；在你奏出的**流水**之中我更听到凝神，它满足了我的倾听之欲。是否，时间即欲望，赋时间以曲调的音乐是欲望的纯粹形式，凝神的形式？所以，伯牙，我们又回到了光阴之城的问答者抛出的两头蛇格言：凝神的细流汇成欲望的**流水**曲调，而**流水**曲调的凝神里满含欲望的水滴。

20

文字谱

拇指向外出弦

要么食指向内

跟一个玻璃匠所做的

相似，叩弹明净和锋利之物

那玻璃匠裁划易碎的空无

仿佛于奏弄间

一弦放之有声

改变了时间的形状

而无名不动

因为那尚未说出的

音，还没有来到素琴梦中

可以让倾听以无视看见

但无视却看见了

一只丹顶鹤孤立梁上

将翱将翔

正当右手两指捻起

在同一根弦上

十万窗玻璃反映落日

真实的太阳

却已经隐没

玻璃，是寂静

特别当寂静已成为隔绝

丹顶鹤在梁上

无所适从

无所适从于

玻璃匠简单的伟大虚构

21
欲望与梦想

每一个月份的满月之夜，离忧乐馆总会有一个新校书开苞。作为
其喜庆仪式的精神性部分，每一次，鸨母都要去请一位乐师，并
且为了让乐师到场而又不到场，被请来的常常是隐形乐师。总是
当琴曲被演绎至最为微妙的乐段，总是当销金帐里云涌欲雨，也
许是已经被酒色打动，隐形乐师在不知不觉中会变成一个奏弄的
幻象，就像深眠里阴茎的勃举并不被知觉。而这种梦想中欲望的
勃举，恰好是鸨母延请乐师的用心所在。据说，她以为，梦想的
欲望是那种到场又不到场的欲望，正仿佛到场又不到场的乐师，
乐师那到场又不到场的音乐，令帐中的性事也几乎到场却又不到
场。但事情未必如鸨母所愿，在满月之夜，被造就于销金帐里的
总会是一个欲望的女人，而不会是凭空的梦想的女人，有如隐形
而幻象的乐师，他的曲调终于要显露他的欲望，尽管这欲望在最
初的梦想里不易被察觉。月将西沉时，仪式的形式感抵达了欲望
放肆的色情，不再有一丝梦想的精神性。

*

不如意的仪式却从不让鸨母真正失望。在离忧乐馆，到了又一

个满月之夜，相同的乐师将再次被延请，相同的性事，在销金帐里，会转移给另外的两具肉身。这大概因为，鸨母看到了，被仪式造就的欲望的女人，又会是众人梦想的女人。所以，离忧乐馆，这光阴之城里提供欲望消费的旧场所，提供给每一个满月之夜的，也已经不仅是新的欲望，不仅是新的欲望的仪式，并且是新的欲望之梦想，或干脆是一个新的梦想，其中的欲望被忽略不计了。那乐师在每一个满月之夜的奏弄更表明，他挥洒在七根弦索之间的饱满的欲望，像勃举的阴茎，其指向离不开梦想的音乐。不知道鸨母是否又以为，既然欲望指向梦想，而梦想又是对欲望的激情，欲望也终于会获得梦想的那种精神性。以欲望为起点的一曲奏弄，譬如说，此刻正在进行的一曲，也会像**流水**，汇入梦想的精神性大海。离忧乐馆里，一个由隐形而幻象的乐师，于终曲之处，又常常会重新是一位影子乐师。

22

梦想与记忆

处身在光阴之城的每一座码头、小广场、十字街口、门厅台阶或朝阳的露台上，你都能看到市中心高矗的石头钟楼。在钟楼顶层，四副面孔的巨型表盘下，是曾经关押过敌国人质的环型监狱，如今由一个怀旧者独居。那怀旧者在这座昔日的城堡里，要避开世界的日新月异，甚至要避开由表盘所确认的一秒秒新时光，以及因新时光老去而生的新记忆。那怀旧者的方法，是抱定一个反复的记忆，每一个正点在钟楼上变奏的同一支琴曲。他以对那支琴曲的反复，来躲避随时间而生的可能的新记忆。在怀旧者如此这般的记忆内部，我猜测，奏出琴曲的乐师是隐形的，如同居于钟楼的怀旧者，正好看不见处处可见的标志性钟楼；并且因为这一比方，那记忆者也恍如隐形乐师了。而一个隐形乐师的记忆，你知道，总是以一支琴曲慢速变奏的方式展开的，或许，它恰好就展开为慢速变奏的琴曲一支。乐曲般的记忆是一种循环，涨潮又退潮，如一夜夜相似的同一派星空，如怀旧者处身的钟楼旧监狱，如光阴之城里众人认同的时间刻度，每到正点便发出的奏鸣，如我所听取的和你正弹拨的这一曲**流水**，能够用比喻更映现真实。如果它被用于抵消记忆，出于怀旧者怀旧的梦想，这记忆也已经更像是梦想，……这记忆又为什么不恰好是梦想？

23
文字谱

尝试着，用一个单音
奏出全曲。要领不过是

手在素琴上
凝然不动

让风吹过
让风在弦索迷宫间

嬉戏。迷宫
会变成

乐园中黄金面皮的
甜橙，与听力无关

却近乎
一种奏弄的理想结果

至少是奏弄

理想的表达

当奏弄在凝然间

无所谓奏弄

风却完成了

所有的奏弄

并且如果风

骤然停歇

那奏弄继续

也一样悦耳

乐园依然闪耀

那些个甜橙

依然累垂于

想象的枝头

24

记忆与言说

隐伏于最为僻静的街区，光阴之城的档案馆门前有一对石象、两只铜狮子和严于把守的三班倒保安。示意禁止闲人入内的黑色灯笼，不分昼夜地明亮，高挂在汉白玉门拱间伸出的铁环上。如果有一天，这严行保密制度的档案馆得以开放，你会在其中的木头架子、玻璃柜橱、金属抽屉和安装了特别警报系统的保险箱里，看到众多的龟背、泥板、竹简、牙牌，以及装订成册的各种布帛和各种纸张，其中密布着数不清的文字。不止一份的分类目录索引繁复，要向你表明，那是对光阴之城以往历史的详尽记录。实际上那是对记忆的言说。在档案馆的走廊、楼道、厅堂和储藏间巡游、徘徊、随意翻看或随意摘抄，你也许会偶然来到它假设的中心，一个椭圆形办公室，里面存放着并不会在那座木拱桥廊下的小摊上出售的神奇秘谱。当你将它们细读的时候，幻象乐师会在你脑际，将每一支曲调都奏弄一番。神奇秘谱的每一支曲调肯定也一样关乎记忆，但却并不被奏弄言说。从那些奏弄里，你听取记忆，光阴之城的往昔、往昔和使之成为往昔的、似乎正发生于此时此地的每一个细节，每一种光影和音色变幻，不知道是否应该将它们也翻译成言说。而当它们被翻译成所谓言说的时候，你意识到你是在记忆的档案馆；当它们并不被言说取代，而仅仅是记忆、是音乐的时候，你不能做到的，是将它们遗忘。

25

言说与梦想

如果你也一样去环游光阴之城，像已经被提及的幻象乐师，当你经过逝川左岸的古董市场，在闪长岩堤坝，一段白杨和赤杨的甬道上，你会遇到那开口的解梦人。一边是几件出土的青铜器，一边是赝伪的旧青花瓷器，真假古董间解梦人摆开他解梦的摊位。一个少妇、一个铁匠、一个忘记了睡眠确切时辰的人，和一个仍没有醒来的人，会细听解梦人言说梦想，企图去获取他们梦想的真实意味。解梦人的言说像一副弓箭，弦声一响，被磨快的尖镞总是会射中梦想者有意无意间隐藏的靶子；解梦人的言说又像一个方程式，在词语的化简和换位之后，梦之答案明了地显现了。而当你以及幻象乐师也要求解梦人为你们解梦，你们会发现，那解梦人并不进入梦想，甚至并不去触及梦境。那解梦人只面对你们对你们的梦想之言说，所谓解梦，则只是解梦人对梦想之言说的又一番言说。如此，伯牙，如果你以及幻象乐师的梦想正好是这曲**流水**，那个解梦人，也只能言说音乐之言说。

*

如果在另一个圆梦摊位，在锦盒盛满的琥珀、宝石、玉玲珑、象牙手镯和两三个朝代前人们使用的灶具、马桶、蓑衣及水墨春宫图之间，一个闭口不言者，为比比划划的妓女、水手、不知道怎么被惊醒的人和不知道如何梦想者圆梦，你，或那位幻象乐师，会不会又一次凑上前去？也许，就像在古董市场里常常会获得的，你们将获得又一丝失望。以表情、手势、身段和姿态提供梦想的那些顾客，提供的也还是梦想之言说；而那个圆梦者尽管无言，却只是在沉默中将梦想之言说还原为梦想，并未能揭示那些梦想的真实意味。如果你以及幻象乐师，试着不提供梦想之言说，却要让一支如梦似幻的隐形琴曲，成为那个人沉默中到来的声音之梦，那么，沉默的圆梦者说不定会从他身份的制服里暂且脱身，开口去言说他刚刚获得的，来自一支琴曲的梦想。如此，它带来的是不是一丝欣然？那言说固然说不出梦想的真实意味，却说明有一个音乐之梦已经被传达，正像古董市场上一枚贝币，证明了交易有多么悠久。

26

文字谱

至于让一个音

不被听见

那就该

迅疾

拨出一连串

持续的音

这就像为了

不便于表达

说话者不妨

仅仅用虚词

或者，也许

以一个即将吐露的

口型，把耳朵带入

对聋聩的期待

晦暗在手和素琴之间

像入秋的凉意

因宾雁衔芦而

突然被意识到

无需文字谱

以指节的弯曲和

意志的松弛

再加上一颗心

突然地悸动

突然有致命的

血之凝然

来说明这一切

27

梦想与凝神

在光阴之城，一家以梦游招徕生意的旅行社，常常会引来众多咨询者，而真正愿意花一点银子，加入以梦想为主题的旅游团队的人数却并不多。那些咨询者，满意于梦想旅游团队的路线、要抵达的每一个过于美妙的胜地、将会展现的胜景和有可能带回的奇珍异宝、别致的纪念品以及足以炫耀一辈子的照片，但却不满意旅行社选定的旅游方式，它的交通工具、日程安排、导游和导游辞，以及，或尤其，整个过程中过多的催眠、催眠和催眠。而那些真正经历了梦想之旅的少数几个人，却终于是满意的，并且，他们所满意的正好是梦想的方式，对曾经梦见的一切倒无所谓。他们的方式，你知道，其实不过是催眠者最为普通的伎俩，让人因凝神而获得梦想。

*

但是，当他们的催眠者是一个隐形乐师的时候，我想说，他们所经历的也许就不寻常。那隐形乐师充当一个梦想旅游团队的导游，他以他看不见的鼓琴身姿和被奏弄于弦上的曲调之梦，令那些游客凝神、梦想。梦想之旅正始于隐形乐师的催眠，他的奏弄里，有作为想象或比喻的胜地、胜景、胜物及其他。梦想的琴曲被摄于游客的听之凝神，凝神的幻灯又翻打这隐形乐师之梦，使之现身于以凝神为途径的那一趟旅行。在梦想的旅程里，对称于凝神两边梦想的，不会是乐师的同一支琴曲，有如鹅黄的月亮，悬于夜空和映入光阴之城街头鱼形水洼之中的，显然不会是相同的一枚。那凝神带来的梦想更虚幻，更为易逝然而确切，像任何水中之月，光阴之城的此夜因它而格外幽深。

*

对加入过梦想之旅的少数人而言，梦想固然使旅行特别，而真正奇异的，却是将一种梦想映现为另一种梦想的凝神。由于对经历的方式、对凝神的赞赏甚至迷恋，从梦想的目的地，游客们并不带回珍宝或纪念品，或一些可供出示的照片，他们所带回的，通常是萦绕于脑际的隐形乐师所奏弄的梦想。我不清楚，如他们自己也无法确知，那会是出于凝神的梦想的音乐，还是带来凝神的梦想的曲调。实际上那像是凝神的导体。而那些不满于旅行社提供的方式的多数人，在发现梦游归来者更注重方式，或者说经历的仅仅是凝神以后，则会对梦想之旅完全打消一试的念头。所以，你不妨预计，梦想最终将没有市场。到时候如果仍有一个人，从一家旅行社门前经过，去倾听你，或现身的乐师所奏弄的梦想，那么，他只愿从梦想获得凝神，要么，他只是企图感受到琴曲。

IV

插　曲

又经历一片或数片宇宙黑暗。幸运地，但也许仍然不够运气，梦游的航天者 1 号跟另一个星际人相遇于一颗枯竭的行星。在那里，普遍的沙漠由东半球的漏斗地峡急泄到西半球，而当昼夜转换，从西半球的漏斗地槽，沙漠又迫切地赶往东半球。

在那里，在航天者 1 号和星际人之间，一个声音感受力问题成为困扰，使金刚钻唱针在铜碟上奏不出人类的音乐。像色盲患者常会把红色看成灰色，而又把灰色当成钛白色，人类的乐音在抵及星际人耳膜的时候发生了改变。**布兰登堡协奏曲**在星际人脑际幻化为一片蜥蜴近乎窒息的喘气声；**秘鲁妇女婚礼歌**则古怪地像旋风冲上戈壁时发出的咆哮。

不过这并不让星际人皱眉，如果他竟然有眉可皱，哪怕仅仅是概念之眉。甚至当**流水**被听成了钢铁因老化发出的隐秘内爆声，他也没觉得半点儿不对劲。这又跟色盲患者有几分相似，——被看成一片赭石色的绿海对观看者而言，也许仍然是诗意的大海。

口味是一个器官问题。趣味也一样涉及到器官。在航天者 1 号和星际人之间的声音感受力问题，大概应完全归结为人类和星际人的器官差异吧。航天者 1 号代表人类深表悲哀，因为，它猜测，在星际人那里，音乐是一片嘈杂，**流水**是无边的流沙，镀金碟片的旋转只表明对牛弹琴这一成语的航天科技化。

然而对星际人来说，如果噪声是至美之音，沙暴是和畅无比的清风，能带来快感的是竹签刺入指尖的剧痛，那么又为什么不能把人类的音乐翻译成一种嘶哑的、一种刮擦的、一种令人（而不是星际人）毛骨悚然的地狱之声呢？在枯竭的行星上，在一眼沙穴里，星际人让那张镀金碟片继续旋转。他听到了一个荒凉无比的美好世界吗？

28

凝神与期待

当有人攀上被称作**守望**的那块巨岩，他就会成为又一个期待者。如果他曾经是一个水手，或一个打算渡海的人，面朝蜿蜒于其下的逝川，他所期待的，将会是一艘抵达的航船；而如果他是个卖柴度日的辛苦的樵夫，却又同时是一个听者，那么他期待的会是乘船到来的善琴者，如同我期待过现身于光阴之城的乐师。在等候了一个上午之后，那个人又等候一个下午，当暝色四合，却并没有航船到来的时候，那个人会告别他的**守望**，从岩上的期待者身份里退出。继续的必然是樵夫听者——如果已**守望**了一个白昼，就像是我，我会又期待一个夜晚，直到光阴之城的黎明，顺逝川一艘船划过了日边。要是那船上并没有一位乐师现身，听者的期待就会更长久，直到在他的期待里凝神。

*

当更漫长的期待仍没有令一位乐师现身，听者的期待已化为凝神。他的脚下，那块被称作**守望**的巨岩，也一样是一个期待之凝神：像光阴之城里人们传说的，它突向逝川，前生的姿势是夫婿不归而望眼欲穿的少妇的姿势。听者因持久的期待而凝神，正好是有利于传说的证据，令人从巨岩的凝神之坚定，推想一颗柔弱的期待之心的坚决。更由于凝神，期待的听者将完成他的持久期待。一个乐师已不必被期待，那可能现身的乐师的曲调，已经因凝神而被倾听。尽管这倾听是凝神之虚幻，然而悬浮的期待被落实了。这就像传说的期待者少妇，因化身为一块凝神之石，不再去在乎夫婿的归来了。从持久的期待中到来的凝神，有时候，几乎是持久的期待之满足。

*

当一位乐师终于到来，现身，把素琴摆放，期待的听者将完成期待，他倾听乐师把一曲奏弄，不久便抵达了听之凝神。而如果那乐师花费了听者漫长的期待，终于不现身，如我所设想的，那期待的听者就会因持久的期待而获得期待之凝神。在期待之凝神里，听者听一支虚幻的琴曲，他的期待也因此而完成。似乎，只要期待的那个人不失去耐心，并不在第一次到来的暝色中告别**守望**，并不退出岩上的那个期待者身份，他就总是有所收获，并且获得的总是凝神。那么期待者期待的是否也总是凝神？他并不真的期待一艘船，一艘船上可能的乐师，乐师的到来，现身和奏弄，以及一支被倾听的琴曲。然而他却又期待这一切，不管可能，抑或不可能。这是否因为，凝神必须由它们而来？

29
文字谱

尚未完成，当一枝
耳中火炬还没有点燃

还没有将拨出的
声音照亮

并因为亮度和
热烈的痛感

使耀眼的声音
成为音乐

奏弄就必须在
时间里继续

饥鸟啄雪
是一个二指双弹的手势

神凤衔书
是一个拇指按弦的手势

而一个注、引
如鸣蜩过枝

蝉唱的余音
在风中像丝线自我纠缠

每一个手势是一个手势
是一番奏弄

每一个手势
又可以归结为

同一个手势
要在弦上划亮火柴

去点燃耳中
一枝想象的倾听火炬

30

期待与言说

一份晚报常常被说成是光阴之城存在的理由。这座城市的每一个市民，每一个暂居客，每一个在它之外却仍然对它有所关注者，在掌灯前后，都期待着读到每日印行的那份晚报。从晚报上，你读到已经在光阴之城里发生的事件：当天的大雨，线路改变的环城公交车，一盆花坠楼落入深井，下午结束的新一轮赌马，或，一位幻象乐师，他现身于某个音乐场合，想要在那里奏弄一曲。入夜时分，城市生活被晚报涉及的那部分闪烁，其余的则沦入真正的黑暗。你细读你手里的晚报的时候，那幻象乐师一定也凑在他下榻的小旅馆陈旧的灯下，比你更细致地读着晚报，并且他只关心晚报上有关奏弄的言说。要是晚报未对其音乐有所言说，那么他不知道，他现身在这座光阴之城里，又会有什么另外的意义。所以，如同阅报，在奏弄之时幻象乐师就期待着言说。因为当他把一曲奏罢，一曲奏罢而未获得言说，那琴声消逝带来的寂静，就又会抹去方才的奏弄。入夜时分，音乐就又会沦入光阴之城的黑暗。

*

言说却可能过于耀眼，让本应在其中闪烁的一切，沦入一重相反的黑暗。在光阴之城里，当你对晚报从注重到依赖，你的昼夜就将在晚报的言说里度过：当天的大雨在言说里落下，环城公交车线路在言说里有所改变，一盆花在言说里突然坠楼、落入深井，新一轮的赌马在言说里结束于下午的跑马场；也只是在言说里，一位幻象乐师现身，到某个音乐场合去奏弄。言说取代发生的事件，入夜时分，言说使阅报者出没于晚报涉及的光阴之城的每一个角落。所以，如果你能够从言说里听取一支琴曲，在灯下比你更细致地读报的幻象乐师，就已经在言说里现身、抚弄，于尽情的抚弄里把言说期待。而如果在言说里被奏出的曲调不可能地清越、雅淡、曲折幽独和深微不竭，不可能地孤高岑寂，无法被听见，那么，这言说也一样抹去了幻象乐师的音乐。过分的言说是一次沦陷。不过这并不让光阴之城的人们对言说有所失望。于沦陷中，那期待言说的幻象乐师会重新现身，重新奏弄，把一番新的言说期待。

31

言说与欲望

乘着摇晃的橙色公交车，到光阴之城里环游的时候，对称于逝川的两座服装市场的迥异，会引起你，或一位幻象乐师的兴趣。在逝川左岸，能够被上午的阳光充分照耀的公园一侧，那里的摊贩亮出的总是比基尼、紧身衣、丝网底裤和尼龙超短裙、蝉翼文胸或玻璃纱睡袍，以及只不过是几根细带缠绕的休闲衫，和凸显丰乳的低开领礼服。从一堆堆剪裁的窄小轻薄里，身材妖娆的，或曲线诱人的小蛮腰夜女郎会选中近乎乌有的一件，以便让肉体比赤裸更放肆。而逝川右岸，披挂晚霞的旧宫殿旁边，在那里集中出售的总是绚烂的，总是厚实的，总是浓重和卖弄夸张的。一些瘦削的、胸脯平板或腰身伛偻的，会选一条裤子，使两腿成为灯笼，会选一件劲装，使形象近似牛仔，而一袭火红的长裙，则会是石榴，是喇叭，是筒子和八卦。不同于两座市场间人们势同敌忾的不来往，你，或幻象乐师，并不更倾心于其中的某一个。你会在左岸市场里消磨上午，于晚霞渐暗时又出现在右岸的那座市场；也许，正相反，上午闲逛了右岸市场，幻象乐师会赶在暮晚前把左岸市场也细细玩味。对于你，或幻象乐师，如果一座市场是欲望，那么另一座必定是言说。在经历了它们的迥异之后，当幻象乐师企图奏弄，或你打算去侧耳倾听，每一个乐音里，就都会有欲望和言说含混。

32
文字谱

迁缓的土星
并不照耀

它提供光环和
好几颗月亮

它被照耀，当第一根
弦索以它为象征

弹出略微泛黄的
宫音。那是

陈旧的，表明奏弄者
信守无关音乐的

哲学，要么生活于
禁忌之欢乐

但哲学和禁忌

关乎技艺

特别当手指

触及了弦音中

巨大的星体

悠久的光环

编上号码的

卫星之壮丽

那手指就只能

含蓄地移开

然后再拂掠

仿佛宫音——可以

在弦上不属于

土星和迟缓

33

欲望与虚构

在光阴之城，在逝川岸畔的开阔地带，一次吸引众人的风筝会，也一定吸引了影子乐师。仰看满天风筝的时候，与众人所见的幻象不一样，影子乐师为自己在天上虚构的是一只素琴风筝。这时候一只鲤鱼风筝却翻飞得更高，它借助没有人见过的半高空气流，已经摆脱开其余的蝴蝶、蝙蝠、金狮子、孔雀、团扇、荷叶和郁金香风筝，要融入无限深邃的蓝天。那操纵鲤鱼风筝的小男孩，则要让被他放飞的风筝，在最高处成为真正的鲤鱼。靠一个众人错觉的镜像之虚构，小男孩的欲望差一点达成：映现于逝川之中的天空，那并未被葱茏的香樟树冠盖、稍低一些的张开的遮阳伞和无望潜游得更深的风筝挤满的部分，几乎就像是一注**流水**。而如果天空是一注**流水**，在更高处迎风的风筝就会是一尾跃起的确切的鲤鱼。并且如果天空被虚构为一注**流水**，那么它又会是影子乐师的欲望幻象，未必由于一条成活的风筝鲤鱼在其间戏浪，却可能因为一架无形的风筝素琴在其间奏鸣。这虚构又虚构的企图改变天空的**流水**，眼下正激湍于你的指间。它也是你正在完成的虚构，为了涨潮的音乐之欲望。当一个虚构的乐音使欲望再上升，曲调是不是又一次风筝会？其中有高飞的鲤鱼风筝，还会有影子乐师的幻象风筝琴，也想要融入虚构的无限。

34
虚构与记忆

是一段记忆，或为了记忆而保留的遗迹，有轨电车依然出没于光阴之城的老城厢一带。窄小的铁轨嵌入两条弹格路中间，被挤压得更深，石板的裂缝里有一座蚂蚁国隐晦的地宫。在地宫里，说不定会有更窄小的铁轨，被蚂蚁工程队费劲地铺设。蚂蚁司机驾驶微型的有轨电车，缓行、停靠、启动时纤细的铃铛轻响。在它上面，就像是对它的无限放大，隆隆驶过的有轨电车真实而陈旧。影子乐师坐在那最为陈旧的车尾，看意指往昔的一幢幢老房子迟疑地掠过。而他正在无尽地后退，又后退，于后退中，他终究会奏出作为记忆的琴曲一支。现在，当我去回想他曾经的那一曲，在光阴之城里，我意识到，或许我也是一次回响，如一段记忆，会重又坐到有轨电车最陈旧的车尾，继续影子乐师的后退，更无尽地后退，并且于后退中，复现他作为记忆的音乐。然而那也是虚构的音乐，为了表明记忆的确切。正如我重新坐上的有轨电车，是被我的记忆虚构的那一辆，有一个令其陈旧的车尾。

*

从无尽后退的有轨电车最陈旧的车尾，影子乐师会看到愈益缩小的街景，鳞次栉比排列着茶楼、钱庄、出售忍冬和素馨的花店、出售梨膏糖和党参的药店，以及妓馆、戏院、当铺和金匠铺。当它们终于因有轨电车的远离而没落，直到不再被看见之时，影子乐师的记忆之眼就为它们打开了；影子乐师记忆的手指，则要在素琴上把它们虚构。出于一种虚构的必要性，在影子乐师的琴曲里，被窄小的铁轨挤压的石板会现出年深月久的裂缝，裂缝里一座蚂蚁国地宫，有不可能看见的有轨电车，缓慢和反复如音乐的时光。在那样的时光里，蚂蚁鼓琴手微弱的一曲，也会是更隐晦的记忆之回响，其中的茶楼、钱庄、出售忍冬和素馨的花店、出售梨膏糖和党参的药店，以及妓馆、戏院、当铺和金匠铺，则肯定是回想带来的虚构。两支莫须有的曲调叠加，如蚂蚁国地宫和光阴之城的两相混淆和两相对照。在记忆里，伯牙，音乐要虚构所有的往昔，而虚构是记忆里往昔的音乐。

35
文字谱

一双手必须是

五十双手。一种时光

要在五十种时光里反复

当一根弦索震颤不已

每一个倾听里

会有五十个别样的倾听

声音的波澜抵达岸线

以慢一拍的速度

又返回几乎已

静止的湖心

静止——禁止

而五十双之一的

奏弄之手，从禁中或

静中又拨剌素琴

如鱼摆尾

掀起了新波澜

以及这波澜带来的

时光反复和一遍遍

倾听。它渐至静止

或再成为禁止

令耳朵对世界

听而不闻

令反复的时光

了结于一瞬

一瞬间出神

完成了手的五十种变化

36

记忆与空无

在我的诸多相遇故事里，也许，与一位隐形乐师相遇的奇异性，仅次于与你的这次相遇。在那个故事里，我记得，我并没有遇见一位乐师，而只是在我所听见的曲调里，遇见了其实看不见的乐师。从那次相遇的结局部分，我想起过一则也曾被琴人们唱奏的传奇，讲的是一个夜行人在雨中遭遇狐媚，被带入光阴之城里一座其实乌有的迷宫，完成了一次对那个人而言并不真实的爱和交媾。当他于天明后再去寻访，如我在多年后企图到记忆里寻访那乐师，他不可能于光阴之城里找到那座消失的迷宫，他面对的是一个昨夜的空无。而记忆中隐形乐师的空无，令那支曲调也显得不确了。如果不曾被哪怕是隐形的乐师奏出，曲调又如何成为一个听者的记忆呢？

*

所以，在记忆里，寻访到那个隐形师，才不至于让那支曾经被听取的曲调空无。然而，你知道，如果我并不去凭借那曾经被听见的曲调，那么，对那个隐形乐师的记忆，无非对空无的一次次寻访。在那则已经被写进光阴之城历史的传奇里，那个人也一样徘徊在仿佛是昨夜迷宫的一个地址，却又以为，有效的方法是把整座城市的户籍卡片都细虑一遍，以确证偶遇的美人之存在。但是即使从两个方面同时入手，那个人最终获得的也只有空无。就像在我的记忆之湖里，奇异的乐师和他的曲调都不再浮现。跟那个夜行人不同的是，我是在记忆里对一个空无的寻访过程中，把那支依稀的曲调给遗忘的；当那支曲调已经是一个记忆之空无，那隐形乐师，就更没有被我忆及的可能了。

*

想找回上一夜艳遇的那个人，不会从光阴之城的户籍资料室得到他急切需要的证据；在几个相像和推测的地段，他也没有再见到曾令他神魂颠倒的迷宫一座。这似乎表明，他并没有度过他记忆中那个色情的昨夜。在得不到实际的印证之后，他的记忆不仅错误，而且也应该归于空无。但是他并不能因此而再次度过昨夜，即使是空无，昨夜也已经成为记忆。唯有在记忆里，一个人才可能重返昨夜，正如在记忆里，一支曾经被听取的曲调才会被再听取，一个曾相遇的隐形乐师，才可能被我又一次遇见。只是，如果被忆及的曲调和乐师已经因遗忘而成为空无；一个想要复返的风流夜并不曾到来过；那么是由于记忆使发生的变成了空无，还是由于事实之空无，使记忆也成为又一个空无？

V

插 曲

枯竭的行星并不以日落迎接夜晚。尽管它确实被名之为行星，但它却没有自己的太阳。对航天者 1 号而言，它黄昏的壮丽是进一步的荒凉。像退潮一般，沙漠朝着地峡汇流，把航天者 1 号的演奏和星际人的倾听，从那个沙穴，他们的音乐场合里裸露出来了。昼夜转换完成，他们在可以被喻为海床的沙底岩石上继续。三十六颗月亮将他们环绕。

镀金铜碟陶醉于它自己奏出的玄妙乐曲，尤其沉浸在**流水**之中。星际人则深深着迷于他所听到的嚾响、锐啸、嘶鸣和喧哗，没怎么发现时间的流逝。这时候，航天者 1 号却遇到了它旅行以来的第三个星际人。实际上，是第三个星际人遇到了播送和侧耳的他们。

这新的到来者立即就发现，在枯竭的行星上，他面对的并非同一个音乐场合。尽管，播送者和侧耳者都那么专注，然而却又是相互隔绝的。由于从沙穴裸露的着迷的星际人，听到的绝非碟片蕴含的**流水**曲调，因而，可以说，那旋转的碟片根本就没有奏出音乐。而如果碟片并未奏出过，他对面的星际人也就不可能有所倾听。所以，航天者1号和那个星际人只不过各自完成着各自的梦。其做梦的欲望，却是由对方彼此唤起的。

只有当第三个星际人出现在航天者1号面前，在金刚钻唱针刻画下的铜碟之旋转才不算徒劳。在**流水**和第三个星际人之间，不存在一次或数次声音的变形。按照人类的标准，第三个星际人的听力系统是健全和正常的，他的辨音力毫无问题。

从**流水**，第三个星际人听到了它的单音式织体，其中的片刻停顿，一根稍微带一点弧度的被拉长的音线，一种不对称的、起伏推进的音的构成和单纯的音色、轻巧多变的节奏、回旋、跳跃、闪烁、延展……

不过，**流水**却依然没有被听见——没有被第三个星际人的倾听所看见。对**流水**的倾听似乎会有这样的限制：一个在枯竭的行星世界里往返的星际人，一个未曾见识过**流水**、涉足过**流水**、不具备**流水**精神的星际人，将无从听**流水**之中的**流水**。在航天者1号那边，第三个星际人听见了乐音而未听见音乐。

37

空无与欲望

像一个听者，不仅从幻象乐师在弦上繁复的叠涓、爪起、带起和同声中听取琴曲，更想要探究以乐音掩饰的显露的欲望；当你已经历了光阴之城的水道、街巷、小广场、环城路、公园和防波堤，看到过博物馆、火车站、剧院、沐恩堂、暝色中逐渐冷清的旧书市和因金星升起而苏醒的夜总会，你又会去找寻光阴之城的核心部分，那最初的奠基，那首次被铲开或首次被覆盖的一铁锹尘土，显露或埋没于其中的欲望。在那里，你预计，你或许会跟一则传奇相遇，你或许会发现一组狼迹，一只被蛇咬伤的老鹰，一朵隐形于水中的火焰，一颗蛋卵，一面镜子，用砖头打造的欢喜冤家，一枚钱币一粒种子，和一声正企图返回弦索和梧桐之木的听不见的琴音。

*

去找寻光阴之城的核心欲望，你会把过程中碰到的每一件事物，都当作指向欲望的事物：廊桥，过街楼，琉璃瓦屋脊，弃用的瞭望塔，菜市场，更喧嚷的菜市场，一家眼药店，从剥落的石灰墙露出的白铁管，管道里流向阳台上白瓷水斗的锈色浑水，和一个把席子铺在了风信子妓院晾晒床单的竹头架阵之间的裸女，初月用借来的清辉之手，抚弄她偃仰的蓄意放肆。而日益铺张的光阴之城，正无非欲望和欲望之铺张。那幻象乐师，从环城公交车到有轨电车，到通宵服务的钱庄，浴池，点一盏昏灯的夜排档，有一记更鼓把黑暗切分成块状的城楼，或有一艘旧船泊靠的小码头，他奏弄的琴曲也出于欲望，他的音乐，为一个听者把欲望铺张。

*

而你将发现的却可能是一个欲望的风暴眼，或一个漩涡。光阴之城的核心部分是所谓空无，由**流水**的急漩而形成的洞穴，由大气的疾奔而形成的寂静。被欲望堆砌的众多建筑物像一重重波澜向外扩展，它们的推动力，却是一种不存在，一个乌有，一片空场，甚至并没有飞鸟栖息或掠过，并没有光芒掠过或移动阴影将它遮隐。另外的可能是，那几乎更可能，你并不能找到光阴之城的核心部分，欲望并没有更核心的欲望。众多的建筑物波澜般扩展，用欲望去堆砌广大的空无，空无却没有被欲望所吞噬。在光阴之城里，在它的一角僻地、一个门厅、一条死弄堂、一盏空照的弧光灯下或一方幽深的天井之中，你都会遇到不期然的空无。在那里一个乐师隐形，一支欲望的曲调寂灭，空无显露于退潮的声音。

38

文字谱

几乎并不是素琴被奏弄

是时间被一个意志

奏弄，是时间被一个意志

形式化，被一个意志

雕刻和裁缝

凿去、剪除那

多余的部分

不可替代的音乐留下了

这奏弄轻易地

浑然天成

或者如一件

天衣无缝

这奏弄里并没有

多余的部分

奏弄的时间

是全部音乐

而当被奏弄的

是一个意志

是一个意志被时间奏弄

那奏弄的理想

就成为绝对

肉眼无法把太阳

正视。时间只间接

奏弄了意志

如意志相对地

奏弄了素琴

39

欲望与期待

在光阴之城，在椭圆形的跑马场和已经被当作古迹的露天大剧院的中间地带，在叫卖奴隶、汗血马、海底异宝、会说话的鸟和砂锅馄饨的那一带，几家夜半开门、推出脱衣舞表演的咖啡馆，总是能吸引到他们的观赏者。那是些海盗、武器走私者、赌场骗子和鸦片瘾君子。不过在一家用两张素琴做表演伴奏的茶室里，你会见到些特别的观众，他们是失眠者、梦游症患者和忧郁症患者，以及自封的理想主义者。但是在茶室昏暗的灯光下，在因为素琴被轻轻拨响，窄小舞台上一盏粉红的聚光灯点亮，一个身姿即将出现而喧嚷突然平息的氛围里，当一队更像是蝴蝶的夜女郎排开，接着又退出，把表演留给那打扮成贵妃，或娘子军，或一个村姑，或一个公司女秘书的红舞星时，特别当两张素琴的乐声缠绕，那红舞星于扭动中甩开她头上的凤冠，或八角帽，或一方印花布，或金黄的假发，紧接着解带脱衣的时候，那些特别的观赏者跟另外的恶棍将不会有区别。他们都只是欲望的期待者。

*

幻象乐师在两张素琴间来回拨弄，有时候他会把双手悬置，使乐音暂歇，顾念聚光灯下的表演。期待欲望的观赏者不知道，曲调的激流会撞上一块怎样的礁石，并掀起巨浪，在怎样的急泻中它又会涌起，成为高潮，令那个脱衣的红舞星真正现身，成为裸女，一个毫无瑕疵的欲望。期待被共同的悬念统治，并且这悬念，令期待本身即一种欲望。而扭动的欲望正越来越醒目，像一支曲调已近于喘息。聚光灯下的红舞星蜕去了又一层蛇皮，让观赏者看到她薄如蝉翼的乳白色衬裙，和衬裙下分明的，镶上了金属薄片的比基尼。她的手又要摘下乳罩，她扭动着又要把仿佛一个仿宋体丁字的底裤也摘去。并且她已经摘去了乳罩，那聚光灯变暗，幻象乐师用一个长音令她胸前的波澜起伏，波澜动荡，而几乎在底裤被摘去的同时，聚光灯熄灭，欲望的期待者在欲望毕露时并没有见识到真正的欲望。唯有琴曲黑暗里持续。在琴曲深处，欲望的期待者得以还原，成为失眠者，梦游症患者，忧郁症患者和理想主义者，其余的则干脆仍然是恶棍。

40

期待与记忆

多年以前，伯牙，当我作为一个樵夫来到了这座光阴之城，我所期待的，并不是像你一样的一个善琴者，乘着已经陈旧的机器船，顺逝川而下，泊靠在小码头。我所期待的如今必然是一段记忆，而在当时，在那个年代的新北门柴禾市场的冬阳之下，它也更像是一段记忆，而不是有可能到来的事物。那显然也并不是我的记忆，甚至也不是我守护过山林的父亲的记忆，或曾以山林深处的梧桐木制琴的祖辈的记忆。然而它终于因传承而成为他们的记忆，并且，我记得，在一个偶闻琴声玲琮的午后，在满担而归的蜿蜒山路上，它也成了我当时的记忆，以及直到此时的记忆。这记忆里或许有一个乐师，有一支琴曲，有一座大城和一派**流水**。它们曾现身，在肯定已经被遗忘的往昔，在它们之后的重新期待，则表明记忆在时间里持续，记忆在时间里化为期待。在期待里我见到过到来的乐师，听他们奏弄，忘怀他们近似的身姿，又让他们成为新的记忆。记忆中乐师与乐师叠加，记忆中的曲调则成为对音乐更新的期待。正是在反复的记忆和期待里，一个必然的善琴者现身，带着音乐，逝川中湍湍不息的**流水**，以及跟失望相反的那一曲。而如果你和你奏弄的**流水**并不是又将被传承的记忆并再被期待，那么，它们就会是无意义的，是一种不存在。

41
文字谱

在降雪之晨无需奏弄

当雪降落时

奏弄更需要

被遗忘和遮覆

指法凝冻于

冬之精神

在降雪之晨

每一种奏弄都必定多余

因为雪是从

弦外降落的

当雪降落时

奏弄是深深被埋没的

事物，一道沟渠

一段下坡路

一口被御下的

缺损的钟

在雪中它们只

呈现轮廓

并且被概括地

称之为积雪

在降雪之晨

雪就是奏弄在弦上的大意

而奏弄被指法的

凝冻所遗忘

奏弄无非部分积雪

雪是从弦外向奏弄降落的

42

记忆与凝神

一个步入老年的乐师，常常会选择以教授年轻人弹琴来度过他余下的岁月。他穿过几条在黄昏里变得陈旧的曲巷，现身于光阴之城一座铁铸的旋转楼梯，虽然迟到，但毕竟出现在又一个学徒未能幸免的幽暗琴房。在那里，他致力于让空气安静下来，让不耐烦的孩子步入他称之为凝神的状态。这有点像叠加喜蛋的游戏：你必须先学会放稳那作为基础的喜蛋，然后再屏息着叠放第二个，接着是第三个，甚至第四个，一次次失败和一次次尝试……而当你能够把第七个喜蛋也小心地叠加，在一张方桌上竖起一根喜蛋之柱，那时刻你一定进入了凝神，于是有资格拨弄素琴，让一个真正的乐音诞生，在已经被夜色充盈的琴房里绕梁。正是在因凝神而奏出的第一个乐音里，那个令学生自不耐烦抵达凝神的老人会有所记忆，会回到他自己的第一次奏弄：在一间相仿的晦暗琴室里，被一个同样经历过曲巷和旋转楼梯的老乐师教导。如果他更深地陷入记忆，那么他会进入另一种凝神，仿佛去抽取喜蛋之柱基础的那个蛋，却依然令那根蛋柱挺立。他记忆之凝神对照于面前的奏弄之凝神，而奏弄之凝神，那由于凝神而已经是一个琴人的孩子也有所记忆：关于听到的第一个乐音，第一个乐音所回溯的时日，和回溯的时日里他曾经预感的第一次凝神。

43

凝神与意会

我能够以沉默的方式向你提及的，是一些不值得惊奇的事物。我所经历的，你知道，也是你经历或将要经历的。有时候东面一阵风过，西区的一棵树纷扬又哗然；一个在讲台上解析三角难题的女教师，跟教室后角落分心写诗的那个中学生，会有一次小小的叠印：偶然地，她随口说出的破解的一句话，正是他同时奋笔写下的神秘的那一行；而一个抬头过久地盯视太阳的人，会必然地损坏其情人的眼睛；一个被利剑穿心的武士，会为他的转世者留下不期而至的心悸。一样的，当影子乐师在一座简易凉亭里凝神，在光阴之城西区寺院的一座宝塔下，在过街楼、承露夜总会、水槽或逝川岸畔修复的古琴台，这影子乐师如果于凝神中有所奏弄，就一定会有另一个人，譬如说，一个现身于遥遥相对的红色望江亭里的乐师，或一个以昼夜平分那天的黎明、正午、黄昏和夜半为轴线，与影子乐师相对称的乐师，在旧城墙、小广场、茶楼和三角洲一带被星光缠绕的幽林里，意会那凝神以及奏弄。

*

两个乐师的心灵感应，会令他们互为对方的听者，并且当一个凝神而另一个意会，另一个于意会中将凝神的那一个并未奏弄的一曲奏弄，奏弄中达到另一次凝神，让先前的凝神者听取、意会。在他们之间，你总是能找到与两边的精神等距离之物，像一个象征，或飞翔的鸟儿，展开双翅奋力掀动。有时候，譬如说，在影子乐师和一个现身的乐师之间，这飞翔的鸟儿或象征之物，会正好是凝神，正好是意会。凝神和意会令他们对称，凝神和意会令他们互换，凝神和意会，令他们成为同一个乐师，同一个听者。而如果像我曾向你提及的，对称、互换和同一的不仅是两个乐师，而且是他们的凝神和意会，那么，仿佛昼夜，是我们身在其上的星球的运转使之对称、互换和同一，你，善琴者伯牙，你会重新凝神于此刻摆放在你我之间的这架素琴，我则会意会这架素琴奏鸣的曲调里种种对称、互换和同一。也许，意会的反而是曲调的奏弄者，由于听者的哑然沉默，屏息和凝神。

44
文字谱

素琴的体位由指法调度
它被奏弄

像一个身躯被
刻意地刺青

那文身的激情是
肉体的激情

是想要获得精子火焰的
创造的激情

精神的婴儿
有待被生养

有待被抚育成
一个风一般奔跑的形式

而刺青是这一形式的

驻留，而指法是

赋予形式的锋利的

技艺，令素琴疼痛

扭动中发音

令素琴成为主动的肉体

它怀孕的腹中

时光蜷曲着

它天空的脊背间

金徽照耀着文刺的霓裳

它调度指法

以不同的体位

它奏弄一双手

以不同的体位

45

意会与梦想

在光阴之城，一个归于失败的乐师必然是黯淡的。他会像又溶
入水中的盐，在黑暗里隐形的他的影子，不留痕迹地化去、消
失，甚至变成另一种物质。与早年所梦想的那个善琴者并不一
样，他的手指在弦索间奔忙，奏出的曲调，并不能达到他所梦
想的不可思议。面对一位这样的乐师，在他所竭力奏弄的那支
曲调里，你能够意会的肯定不会是他要你意会的，你能够意会
的，大概也不是你梦想意会的。乐师梦想的音乐在胸中，而素
琴鸣响的，只是他十根手指的笨拙。但失败的乐师却常常并不
在笨拙中罢休，他需要一次表达的胜利。如果一派梦想的音乐
并不能通过奏弄被意会，成为一个听者的梦想，是否就会有另
外的幽径，可以把迫切要递送的梦想递送？

*

那乐师将找到作为乐器的另一个奏弄者，并因此成为得胜的影
子。在光阴之城的地铁出入口，在乞讨者更多的银行大门前，
或许，在流浪汉聚居的弃用的旧仓库，影子乐师不会放过卖艺
人迫于生计的每一番奏弄；而在那些街心花园里，在瓦肆勾

阑，以及又一届琴艺大赛的初选考场上，影子乐师也一样是一头格外敏感于乐音的警犬。于是入秋的某个午后，某幢小楼的凸肚窗下，缓缓飘落的某段琴曲会成为一次不确切的胜利：影子乐师以超出倾听长度的伫足，表明他捕获了正是他梦想的音乐的那一曲。那么，几个偶然路过的可能的听者，当他们意会了来自楼上的那一支曲调，是否也意会了另一个失败的乐师的梦想？楼上被当作乐器的隐形乐师，在自己所梦想的音乐之中，是否也意会了别人的梦想？

*

也许他终甘于有一个黯淡的表面，以便让亮光尽可能盈满其内部。像一个铺叙光阴之城传奇故事的盲眼说书人，他的护城河、箭楼、女墙、旧炮台、朝向三十六个方向的道路、朝向十二个方向的门户、朝向四个方向的避邪柱和指向那唯一方向的旗帜，以及织锦缠绕的街树、被尼龙布包裹的大圆顶市政府、邮局、游泳馆、士官学校、逝川和泊靠在小码头上的一艘机器船，都只被一颗内心的梦之太阳照亮，被一双内视的眼睛看见；那影子乐师也只让一双灵魂之手去奏弄架于心间的一张琴。不同处在于，影子乐师把听者也限制在自己的内心。而如果一种梦想的音乐只存在于一个乐师无从表达的内心深处，并且仅仅被那颗心意会，那意会也仍然是所谓意会吗？那梦想又是否一个梦想，一种存在？它曾经有过吗？

VI

插　曲

跟航天者 1 号的飞行路线正好相反，带着由钛柱固定的，放置镀金铜碟和金刚钻唱针的铝盒，航天者 2 号经历同样的宇宙黑暗。它绕开了有可能遇上的，并终于被航天者 1 号遇上的第一个星际人、第二个星际人和第三个星际人，在一颗后来被诗人命名为琴王星的青绿色星球上遇到了注定的第四个星际人。

跟航天者 1 号一样，为完成同一个指令，航天者 2 号近乎机械地打开胸腔，转动那张镀金铜碟。灌入碟片的**流水**被播出，振动琴王星清新的空气，让一丝刚想要奔驰的南风止步于香樟树冠深处的宴席。第四个星际人屏息、凝神，眼中闪烁着来自心之湖面的反光。

当一曲终了，第四个星际人发出感叹，用辞跟航天者 2 号预先的程序设计料想的无二。在一条显然的人工河畔，航天者 2 号又重复那一曲，同样的**流水**再一次注入第四个星际人的循环血液。他耳中一架微型录音机，让他已经能毫厘不爽地记忆和复述听来的音乐。

仿佛轻易地，航天者2号达到了目的。在琴王星上，靠着镀金碟片的一曲播送，第四个星际人已被它带到了地球时光。对第四个星际人而言，他的倾听几乎是进入。因为**流水**，他将幻化为坐于南中国某座望江亭边的香樟树下，闭目省思的那个听者；如果他更为进入角色，他更将成为亭中抚琴的那个乐师。他接触到也许有别于琴王星世界的净水、泥土、枝叶、羽翼、卵石、钱币、丝绸、嘴唇、玉器、棋子、剑鞘、姿势、大气、阴影和光芒，他尤其会接触七根弦索，他耳中的微型录音机，指点他奏出来自琴王星的一曲**流水**。

在航天者2号和第四个星际人播送、倾听和想象的演奏间，两种时间叠合在一起。而两种时间的叠合，是两个世界的叠合。这样的叠合使某些猜测变得可信。很可能，航天者2号并未被射向宇宙深处，而只是回到了地球青绿的琴王星纪；那琴王星上的第四个星际人，则恍似确定了自己正坐在琴王星史前的那个地球纪，在一条人工河畔，一棵宴席初开的香樟树下，一缕止步的南风和一派清新的空气之中，将欲把灵魂也化入**流水**。

46

梦想与空无

被一个早年的梦想指引，曾经在光阴之城的桥头和路灯下虚度的少年，会背井离家，到一片他从不知晓的海域去流浪。在那片海域的一座孤岛上，他又会获得另一个梦想，指引他去探寻悠久的沙漠。而当他能够在沙漠深处的隐修院稍歇，又会有第三个梦想到来，指引他朝一座名山而去。在那里他获得第四个梦，指引他前往更新的去处。梦想会不断造访他刚刚有所安稳的夜晚，将他又引向草原、传说之城、黑森林圣殿、金字塔和月亮，要么一座环形监狱、一颗琴王星、一面镜湖和又一重大海。当他终于在指引下来到了光阴之城，以他的衰老出现在早年的桥头和路灯下，如果他并没有跟一位隐形乐师相遇，去倾听一支或许的琴曲，那么他被无数梦想指引的一生，很可能只不过是一个空无。

*

那么，隐形乐师是一个充实空无的梦想吗？尽管在视觉上他常常被当作一个空无。或许他一样被梦想指引，要以一支乐曲取消向他召唤的空无。一夜夜相似的那个梦想催促他抵达，又一次次抵达，经历了大海、镜湖、琴王星、环形监狱、月亮、金字塔、黑森林圣殿、传说之城、草原、名山、沙漠和又一片海域，却总是无法跟一个受相反的梦想指引的听者相遇。他们的错开像调度员安排妥帖的火车集散地，每一次列车和另一次列车有安全的时间差，得以通过同一个道岔。有时候，那比喻中的调度员已经使他们迎面相向，却又令他们擦肩而过，各自朝新的梦想或空无而去。要是，在光阴之城里，隐形乐师依然没有跟一个衰老的听者相遇，他一贯的梦想，是否真的曾代替过空无？

*

指向多变的一连串梦想令人奔波。当那个奔波者于衰年重返光阴之城，在早年的桥头和路灯底下，因隐形乐师的一曲奏弄而成为倾听者，他意识到他的梦想终结了。他所经历的一连串梦想已仿佛空无，剩下的只有他听到的音乐。而梦想到来前，一个少年在桥头和路灯下感受的空无，却有可能从反面直抵作为终结的相同一曲。如果他经历的是桥头和路灯下一辈子的空无，那隐形乐师不是也一样会到来、奏弄、令他倾听、把空无终结吗？只不过那长久的空无因其终结已仿佛梦想，而隐形乐师为填充空无到光阴之城奏弄的曲调，则是这空无之梦想的指向。那么，它将指引听者去经历隐形乐师经历的一切，直到成为隐形乐师，到光阴之城，为一个返回的奔波者奏弄？

47
文字谱

滚沸是即将消失的**流水**
它弥漫开来

以气体的方式进入气体
就像音乐

以音乐的方式
显现为音乐

在滚沸中
奏弄虚拟

不触及实质
奏弄如有关奏弄的

一个梦，如掠过
奏弄之梦的飞鸟

无法栖息于

流水滚沸

在滚沸中奏弄的

仅仅是一个奏弄之影

或奏弄之影的

反复抵达、持续淡出

重重叠加和

冷却于大气以后的

滴落。那奏弄是

滚沸之上的滚沸

令音乐滚沸

升华于空气

成为被耳朵听见的

流水

48

空无与凝神

到光阴之城的圣地废墟参观的人们，在惊异和扼腕于当初火山
熔岩摧毁和完好保存的传说之城的轮廓、结构、街巷的纵横布
局、楼宇的大概样式、明暗沟渠的安排和众多慌乱、恐怖、绝
望和歇斯底里的化石身姿后，会止步于一座已经不复存在的花
园。在花园深处，那曾经被可能的垂杨柳和香樟、栀子树掩映
的可能的精舍里，当深厚的火山灰剥落、脱离，被风拂去，那
隐形的场景得以现身。从废墟之空无的隐形中现身的，是一个
乐师，他俯就的素琴，和一个侧面相向的听者。他们的凝神，
要将那些参观者带入凝神。而参观者的凝神和乐师与听者深入
音乐的凝神之外，一座火山曾喷发，灾难呼啸灭顶，传说之城
其余的居留者狂奔、哀号、奋勇夺路或竭力躲藏，却终于免不
了化为空无。只有这凝神在空无中聚集，将空无聚集。凝神于
空无中得以存在，并且，在乐师和听者之间，在参观者和令他
们止步的景象之间，也一定是凝神，令空无不再是所谓不存在。

*

在那些凝神的参观者中间，伯牙啊，我将发现你，处于一个凝

神的极端，要代替圣地废墟中不会再奏弄的乐师之石，把一曲奏弄。当你，一个被空无之凝神带来的凝神真的化入了石头乐师，你的一曲真的就是那可能的一曲，如同隐形的终于要现身，光阴之城的圣地废墟广泛的空无，就不再是所谓的不存在了。令那些参观者惊异和扼腕的传说之城，会令他们又一次惊异和扼腕。凝神中参观者将会看到，空无仿佛被赋予了形式，同心环绕着深入音乐的凝神之凝神。而如果那凝神之凝神有如同心扩散的乐音，空无之中，就又会有乐师和他的素琴，侧面相向的听者，曲调绕梁的精舍，掩映的垂杨柳、香樟和栀子树，一座花园，继续度日的市民，沟渠、楼宇、街巷和城廓，传说之城就会正好是光阴之城。只不过，当那些参观者的凝神涣散，你的凝神从乐师之石的凝神里退出，并且带走了石头的凝神，这光阴之城也会沦为传说之城，你所面对的，就仍然是一片废墟之空无。

49

凝神与言说

像一串乡音会在异地生活中改变，四处流传的通天塔故事并不一致。当故事流传到光阴之城，光阴之城对它也要有新的改动。在光阴之城，现身于改动的故事之中的，会正好是一个幻象乐师，他曾因叠放喜蛋之柱而学会了凝神。所以，牵强地，那幻象乐师也将把通天塔成立的关键归结为凝神，并且他认为，未能建起通天塔的原因，不在于人类语言的繁多、杂异、混乱和隔绝，而在于建造中人类动用了他们的言说。跟一个在小书房略微倾斜的桌前屏息、专注，要把一个蛋形稳放在另一弧面的学琴人相似，通天塔工地上的众多建筑队在摆放一方方巨石的时候，也应该有一样的屏息和专注。屏息和专注化为凝神，凝神中一柱通天塔升起，没入云霄，要上接大宇宙深广的凝神。而言说使建筑队不可能得逞。言说驱散凝神，令石头叠加的通天塔欲坠，废止于中途。继续的唯有言说，它叠加起来，让未能建立的通天塔获得更广泛的论证、更充分的争议、更详尽的描述和一步登天的想象之辞。于言说之中，通天塔流传，向高处升展，近于极限，却因为不能够上接大宇宙深广的凝神而仅只是未完成，不断被改动为不同的故事。在光阴之城的新的改动中，要是那现身的幻象乐师屏息、专注，以凝神的一曲代替言说，通天塔是否就得以成立？

50
文字谱

从商弦上，也许

一颗金星跃出

一个秋天

到来。那拨弄的手

如猿升木，攀爬在

带给它犹豫的一树乐音间

手指微猱

手指又细猱

珠玉从枝叶间

落向了听力的夜之深渊

这下坠的乐音里

会有哪一粒

可以被当成

金星的替身

就像帝国大臣

代替皇帝忧郁和颓废

代替皇帝

让秋声在商弦上

因指法急切的

来回穿梭而

织出了萧瑟

萧森、萧疏和

萧索。它们几乎是

同一种凉意

白色金星的

同一声铮响

51

言说与虚构

在光阴之城里，按照惯例，一个幻象乐师在公共墓地奏弄过一曲，就会有代表活人阵营的宣叙者开口，讲述被黑色人群和鲜花围拢的眼前的死亡。似乎是因为音乐规定了大概的基调，宣叙者的言说是反方向进行的。词语从眼前上推最黑暗的致命的那一刻，又继续上推，令死人复活，尽管重病仍缠绕其身。接着，那病天使，而不是通常的所谓病魔，会循着进入一具老化躯体的呼吸道、消化道、血脉或淋巴系统的路径退出。言说又进一步修复那形象，使之返回中年，再消瘦和白皙些，重又是青年。如果宣叙者能尽力描绘嗓音由沉稳向高亢的回移，身材由定型向有待充分发育的递减，以及思想和见识的弱化过程，那么这青年会成为少年，并且随着缩微中肌肤的红润、娇嫩和眼光的天真，少年更回到童年直至婴孩阶段，最终消失进另一片黑暗。这样的言说如此接近一个人一生的基本事实，听上去却更像是一种虚构。这是否因为，那宣叙者的言说真的遵循了幻象乐师在弦索之间的言说方式？而幻象乐师在音乐中的言说即使与现实一一对应，他也至少是处于极限的镜子乐师。世界，在镜子般的**流水**言说中也仍然会被虚构成幻象。事物们顽

117

强地固执于自己的本来面目，它们的影像，却会因音乐把时间倒映而改变向度。

52

虚构与意会

倾斜的天象常常会引起光阴之城全体市民的极大关注，而日食或月食，则肯定会带来恐慌和忧虑。占星术士在阁楼上掐算，从老虎窗遥看河汉每一细微的变幻，并依据那变幻推演大地上人事的迁移。每个人的头颅之上，每一事物假想的头颅上，都会有一点仅归其所有的或许的星光，预示着什么。当天象倾斜，一座城市的日常生活也随之倾斜；日食或月食，要熄灭怎样的显赫或纯洁的命运光环？这样的意会，出自一条虚构的定理，那占星术士则因为虚构了这条定理而虚构了自己在光阴之城的形象和身份。几乎是出自同一条定理，或定理的虚构性被搬到了曲谱和乐调之中，一个影子乐师的低眉、屏息，左手的牙泛或对按，右手因分涓和圆搂带来的弦音，都会有更多的弦外之音。仿佛素琴的一轸一弦，一徽一音，乐师的每一手势，每一指节，每一身影的晃动和静止，也都有一点仅归其所有的或许的星光。倾听之中的占星术士，会凭藉这虚构的另一类星光，从每一个乐音里意会命运。

从每一个乐音里，听者意会音乐虚构的光阴之城，光阴之城里一个影子乐师的用心。在这样的意会里，那条被作为意会之凭藉的虚构定理是隐而不现的，就像日食和月食带来过市民的恐慌和忧虑，而将恐慌、忧虑与日食和月食相联系的理由是无法说出，不可能言及的。被用于意会的一支琴曲，琴曲中一个商音之悲凉，或一点被轻轻拨弄的星光的虚构定理，正仿佛光阴之城里占星术士的莫测高深，也一样出于意会，并唯有被意会。当意会也仅仅是意会，那么它就会是一种虚构，正如影子乐师，他并不从素琴奏出一曲，从他的牙泛、对按、分涓和圆搂获得的一曲，出自听者的意会之虚构。而如果那条被意会所凭藉的虚构定理也只能被意会，那么虚构，也无非是意会。影子乐师并没有一个鼓琴的身姿，甚至并没有影子乐师，而听者却虚构了乐音和指法，素琴和乐师，光阴之城和全体市民，市民中幻化的占星术士，占星术士揭示的天象，天象的倾斜和日食或月食的恐慌和忧虑，并且在他自己的虚构里，意会其虚构的弦外之音。

53
文字谱

学会隐身，甚至不留下
手势及阴影

让弦索仿佛被
无形奏弄

并在无形里
颤动空气

把乐音递送给
倾侧的耳朵

那侧耳者将仅仅
听见乐音

将仅仅看到和
注意到乐音

因为奏弄是

隐于无形的

奏弄应该像

风送轻云

聚气以生

油然而起

指法在素琴间

如吹息模糊了镜面的

映像。手

不存在

手臂也不存在

——学会隐身

甚至不留下

手势及阴影

54

意会与欲望

当两个爱情的隐含者一个正走过光阴之城最细长的那条街，一个从一座陡峭的旋转楼梯上下来；当他们两个一个从一片小广场穿过，一个飞奔着赶一辆公交车；当其中一个刚刚拐向有一座玻璃亭车站的新街口，另一个恰好自玻璃筛选的阳光里迈向更明亮的阳光；当人群中的这两个陌生人相遇，稍稍对视，各自内心相似的火焰会立即使他们相互认出，意会了对方胸中的欲望。同样的，伯牙啊，一个站在桥上看风景的潜在听者，与一个乘扁舟漫游漂泊，正打算从桥下经过的琴人会相互认出；一个影子乐师；当他在曲折的拱廊和拱廊间交错的花枝下摆开素琴，当夕光以一个偏低的角度把忧郁拉长，他甚至能意会一只归燕的欲望幻象，为渐止的飞翔奏弄一曲。

*

在飨宴之时，在中秋之夜或赏雪之晨，在桂林园或壁炉里炭火无声地殷红的敞轩暖厅，一个光阴之城东区的美男子微醉于灯笼和不复返的良辰，却并没有放弃对一张纤手奏弄的素琴的专注，酒之波澜并未漫上他业已泛红的耳朵的听力。那个用香舟送来的助兴者，于三十六朵烛火间更像是幻象的抚琴艺妓，她一腔越来越高涨的爱情，命令她错拂了欲望之弦。识琴的美男子必然会对她一看，再顾，意会她曲调之外的羞怯。同样的，伯牙啊，一个寡居于深宅高阁的欲望中的少妇，会以其倾听吸引光阴之城她幽闭爱情的另一磁极。一个幻象乐师，会穿过三百条横街，又越过三百重围墙，到她夜半半卷的珠帘之下，因为意会而奏出领受欲望的一曲。

*

光阴之城的钟楼制造了沉重的悠缓，它的共振，来自各不相同的方面。被水塔之球冠反映的九座小广场的九枚音叉，逝川上七座廊桥的四十九副悬铃，和并不在同一昼夜里矗立的十二座城楼的三十六面鼙鼓，它们以等值的音高或音速迟疑地回应。它们的体内，有一样长短时间的沉重要释放。而影子乐师去弹拂摆放于厅堂的那张琴，它振动的角音，会让一架锦瑟的角音振动。那锦瑟正被一个幻象乐师斜背在肩头，像两个乐师各自都意会了朝向音乐的同一种欲望，两件乐器里，也有着相互共鸣的同一种音律。同样的，伯牙啊，从你的奏弄里我能够意会你向往子期倾听的欲望；并且因为你意会了子期胸中的欲望，在光阴之城的这个夜晚，我才听到了入调的这一曲。

VII

入 慢

被某种内倾力牢牢攫住，在又一个黄昏来临之际，对上一个夜晚奏罢**流水**后听者子期的沉默之演绎，几乎要变成伯牙的自我阐释了。他发现，因为对倾听的追究，其思想和语言的转速在加快。只不过，如同车轮在冰面上打滑，那个幻听之中的世界并不真的迎面掠过。他没有说出，或没有从沉默里找到象牙球玩具最核心的部分，那也许会是玉米粒大小的、精刻细镂的象牙珠子，但更可能是一个空心，就像想象的内倾力，总是会归结于中心的空虚。光阴之城里，一种繁复的壮丽到来，十万扇窗玻璃共同反映那一颗落日。而当落日已经与逝川上它被拉长的倒影融合，终于没入**流水**之中，其幻象仍映现于光阴之城的十万扇窗玻璃，仿佛一曲终了，这曲调还会在听者的耳朵里反复不已。因此，他想说，在光阴之城时间是缓慢的。特别当黄昏来临，落日隐没之时；特别当一曲奏罢，听者以沉默相对之时；特别当那个奏弄者，在听者离去后陷入其沉默带来的幻听之时；而尤其在幻听里，思想和语言飞旋，企图战胜摩擦系数，追上因无声而光速推进的沉默的音乐之时；时间，或**流水**，很可能就是缓慢。甚至比缓慢还要缓慢，当需要用沉默去复述那音乐的**流水**时光，那**流水**时光就可能重临，上个黄昏和紧接其后的夜晚会被再一次经历。伯牙正处身于这种再一次的经历。而他的疑问是，曲调能否被弹奏之外的方式重述，像有人用话语重述一部史诗的情节，或有人用龟兹文翻译老子的八十一章。尽管那复述方式是长时间的沉默，缓慢的沉默，但曲调是否可以被复述？如果并没有沦陷于近乎致命的幻听，伯牙知道，他将会借用他也许梦见过的爱琴海畔一位哲人的格言作答：人不能两次涉足同一条河流。——即使弹奏，也无法重述同一架七弦琴奏出的曲调。但子期的沉默正被他听见，以言辞的，可能更是乐曲的方式虚幻地铺陈。并且，在他上面，大宇宙深处，丝毫不同于他顺着逝川的水上之旅，一张镀金碟片正漫游星际，要百分之一百地向虚空重述此夜的，也许，可能，是上一夜的**流水**。

55
时间与技艺

逝川流淌；贸易风往还；一枚月亮从圆满到亏空，又从亏空到
再次圆满，照耀枯荣之间的草树，四季里嗓音变幻的雀鸟，和
纵横的街巷间一幢幢楼宇的渐渐失色、黯然、老化、颓废、直
到坍塌又重新兴起，以及一个变幻的女性，她白色衬裙被初潮
染红的枫叶形血污、她呻吟中的第一次受精、她数次受精之后
的孕育、她胀满的乳房、她的分娩、她的吐哺、她乳房的垂
落、她的闭经；而一艘艘装运纯水的机器船趁着大梦又抵达了
小码头……。光阴之城里，这一切并不能表明时间。甚至朝不
同方向投下阴影的钟楼上指针与指针的相互追逐，市长家后阳
台私养的公鸡的引颈报晓，从天文台的望远镜所见的木星的移
位运行，也并不是可能被确认的时间。至少，不妨说，那不是
技艺的时间方式。

*

陡然转弯的玻璃防波堤凸出的部分，一个垂钓者高挑起竹竿，
却没有向逝川放下丝线；或许他朝逝川垂放了丝线，却不在线
端系上一枚细小的金属钩；即便那金属钩在线端反光，它能够

诱引的，也必然不会是入水之际想诱引的游鱼了；尽管锐角度折返，那条鱼也许将逆行上溯，回头去咬住曾打算放弃的闪亮之物……。跟那个垂钓者于无望和希望间的微妙不一样，技艺在光阴之城，总是能得到那最为生动的时间之鱼，并且在技艺的自我忘却中，又一次次复得被放归的时间。技艺在空气里激荡一个音，时间就必然激荡了这个音。这一定比垂钓更为微妙，无须等一尾游鱼折回，无须把一枚金属钩系上，无须高挑起竹竿，也无须有一块陡然转弯的玻璃防波堤凸出的部分。

*

剑的锋刃上一线寒光快于瞬息，却又在接近永恒的静止里耀眼，一个在两座塔楼间绷紧的钢丝上空翻的杂耍人，有着尽可能缓慢的平衡姿势，和必须尽早完成的一整套动作；儿童乐园上空的阴郁里，旧时代的猎手放飞的老鹰一动不动，展现出一个虚无中疾急的十字形幽灵；而你，正仿佛我，会被一个消息震惊，奔过短距离的漫长街巷，到断头台下，听一个觉悟者被斩首之际把素琴拂掠，在他的拂掠里，一颗人头已落地，一柄杀人刀，还不曾启动和见血……。光阴之城的时间方式里包含着技艺，为了让技艺产生时间。技艺有如空心，令时间硕果轻于料想，却又比料想的更难以承担。这无非由于，在另一种比附里，技艺是时间汽车里弄险的司机，比乘客们要求更多的刺激。

56

文字谱

没有一个音不出自琴弦

而仅仅是一番

奏弄的心情

一种对应于技艺的

魔幻。就像不会有

仅属于弦索的纯声音之物

不依靠魔幻

居然被听见

不因为一颗心

而被铭刻于另一颗心

手是半神

暧昧的英雄

以不同名目

跨骑同一匹奏弄之马

那手也可以

幻化马匹

负载奏弄的

影子骑士

穿行于曲调

文字谱、灵肉相间的

可能的音乐

一个仿佛异域的祖国

手是所谓的三位一体

出自琴弦

也出自弹琴人

奏弄的心

57

演奏与时间

在光阴之城，演奏的意义总是在最后的演奏里到来。而一个人一生漫长的演奏，只不过令他的时间在演奏中燃尽。这就像一炷被点亮的檀香，当它已计时完毕，它自身也告完毕。演奏在空气里震颤音乐，也有如空气里飘浮的烟雾，有一派好闻的气息，终于要散失于无迹。唯有当紧接着又一次演奏，又点亮一炷香，让香火继续，让烟雾再缭绕，让沁人的气息在空气里更甚，让音乐在空气里不放弃鸣响，时间才又在演奏中进行，——时间才成为，或已经是演奏的真正主题了。于是，在那个人最后的演奏之中，当那个人觉悟，时间将终止于这次演奏的终止之处，会有一炷香，被点亮在摆放素琴的明窗之侧，而那个人低眉，会回到另一时间的演奏之中。那可能是他的第一次演奏，如果他坚持，那就会是他的第一次演奏。几乎是因为在最后的演奏里那个人坚持了第一次演奏之中的时间，他一生的时间被留存于最后的演奏之中了。并且当最后的演奏终止，演奏的意义，会延续那个人一生的时间。

*

在焚香低眉的最后的演奏里，他一生的演奏以不同的时间方式到来。甚至，如同在一个一闪即逝的掠影之中，不仅有一只鸟儿飞翔，它以往的每一次成功的飞翔，它的试飞和试飞的失败，那掠影里还有着鸟儿作为蛋卵的黑暗，和这一族类的飞翔历史及漫长的进化史；在最后的演奏里，你也能追溯他第一次演奏之外更悠久的演奏，更悠久的演奏中他从未经历的时间方式和无始时间。而如果时间又将在演奏终止后延续，直到无尽，这演奏就不会是最后的演奏了。在光阴之城，一炷香又已经灭为灰烬，一次演奏却仍没有结束，那演奏的人，将抽身从演奏的时间里离去，有如大地上疾掠的鸟形从飞翔中离去。真正的演奏必然如此，当那个人建立了演奏的时间，他不再属于这演奏的时间了。所有的时间在演奏里到来，因为这演奏也将不属于正在演奏的那一段时间。演奏创造自己的时间，无限时间之中的无时间。这样的演奏，正属于那个人最后的演奏。

58

倾听与技艺

倾听。在素琴玲琤的每一个乐音里做到无视。光速里急行军的形象世界会调整步伐。它们的新编队或许像盐粒，溶化在不能够两次涉足的流逝之中了。物质的波澜掀动，翻卷其上的激浪是迟缓悠长被音速慢递的。这拉开了侧耳者跟他处身空间的距离，并且，几乎，他处身的空间已隐匿和被消解，无视中侧耳者化身为倾听。而如果同时并没有技艺化身为倾听，无视在倾听里就会是盲目的，唯有去忍受耳廓的张开。有如盛夏午后的逝川河滩上，一个人要忍受强光中一副瞳仁的刺痛和被墨绿所蒙蔽，声音的蛮荒灌入被动的听觉器官，其中也难得有音乐到来。必须要动用倾听之技艺，在耳朵和声音间，划出哪怕是象征的界限，去对应，听者的跪姿和一架素琴间实际的界限。在界限的这一边，一个人听觉里辨析的过敏性，会睁开眼睛把音乐观看。当恰切的，却难免不是幻视的手指拂掠素琴，触及了那根隐晦之弦，技艺的耳朵里就会有仿佛被看见的一个音，扩展为群星，漫上天际，甚至是灿烂的。在如此晴夜里，在群星之下的光阴之城里，听者又向前迈出一步，超过象征技艺的界限，如此，伯牙啊，倾听之无技艺会展现群星间最为寂静的那片黑暗吗？听力中一对观看的眼睛会被什么刺瞎，令倾听更纯粹？

59

文字谱

迟疑地，解开女衫的
第一粒纽扣

像孤鹜念群
徘徊下顾

那手生疏
缓慢而犹豫

然而指法却变得
果断。螳螂

一前一却，去捕获
长吟自乐的蝉

直到胸衣
完全被打开

弦索近乎一种喘息
　　急切得就要被

曲调绷绝，一双手暂时
　　移开了音乐

　　那手又回来
　　恣意抚弄

　　有如一辆
　　冰上摩托

　　轮子急旋
　　在急旋中停滞

　　因毫无所阻而
　　深深地受阻

那手将又一次移开音乐
为了更惊喜地触及乳房

60

技艺与演奏

风，演奏一对残损的河螺壳，逝川之水，演奏河滩上被弃的废
金属，防波堤上的夹道青榆间，一根马鞭演奏空气，作为回
声，雷霆滚过云的牦牛群，一场大雨，演奏光阴之城的瓦爿、
玻璃窗、塑料遮阳板和熟铁皮落水管。所有的铃铛，所有的钟
鼓也正被演奏，香樟和银杏，塔松和梧桐也正被演奏，飞机的
翼翅划破冷空气，那尖啸是演奏的超音速急急风。在一架素琴
之上的演奏却几乎是缓慢的，几乎是静止的，然而在它的缓慢
和静止间，万物的轰鸣、喧哗、呜咽和轻击，被蓄势于一触即
发的指法，要从一个低音里展现。并且在这架素琴之上，演奏
之技艺要超越演奏，要让一根弦成为十根弦，要让七根弦成为
精神最有效的嗓子，而一双在其上隐约的手，将不仅是一千双
更曼妙的手，甚至是神秘的灵动本身。技艺要让演奏释放每一
个可能的音，不可能的音，世界的轮廓，嵌入世界轮廓的物
质，物质之血和血液在脉管里流淌的声息，这声息将抵及的死
之寂静，寂静中演奏的终极完满。正是在演奏的终极完满里，
技艺的繁复从十指间消退，仿佛光阴之城里功成业遂的远征军
元帅，匿迹埋名于西区一幢新村公寓顶楼的明亮、昏暗、平淡

和琐碎。剩下的将会是定、远和澹、逸，是虚壹而静，大乐必易，是清、洁、幽、微，是徐、细……无声。

61

倾听与时间

一声鸟鸣如果透过了悬铃木叶片细密的筛选屏，如果它又透过市声吵嚷的噪音封锁线，如果它从一座教堂尖顶的陡峭银瓦上快速滑下，又拐向一条螺蛳壳弄堂，并且再拐向荒芜的小花园，从一个已难抿缝的窗隙挤进早餐的客堂间，准确地落入一张鼓膜微颤的耳朵，在光阴之城，会有人因此从一重时间到另一重时间。每一次倾听，甚至仅仅是小于一次的瞬间倾听，都足以让一个人摆脱以往的时间惯性，驶上铺设于乐音之中的时间新轨道。新轨道两侧，新风景吸引更专注的倾听，并且令倾听成为迷醉，成为加速度，成为那个人生命时间里新的惯性。倾听总是能改变一个旧时间向度，直到又一次倾听到来，专注、迷醉和加速度产生，乐音又展示，一片更新的时间远景。再下一次倾听，再再一次倾听，一曲**流水**，它卷起的又将是一片怎样的时间波澜呢？……几乎是带着这样的悬疑，那个人的倾听在时间的网路岔道间迷失。然而带着同一个悬疑，他为什么不会是以一生的倾听去走通时间迷宫的那个人？

*

从一重时间到另一重时间，在经历了众多的倾听之后，在光阴之城，已经不再倾听的那个人仍然在倾听。这有如一架已经不再被奋力推向远处的秋千仍然在摆荡，大幅度向上，以同样的幅度回落又掀起，扇开荒芜的小花园地坪上去年的枯叶和散乱的纸屑。那个人体内，以往的倾听建构起一座乐音的迷宫。被乐音改变了向度的时间，时间和时间，则仿佛一块块打碎的镜子，足以镶拼出万花筒无限又近似的图案。他可能因此又有了倾听之外的倾听，为了从繁复的时间图案里，寻获最为理想的一幅。那会是最为确切的一幅，最为明快和最为简洁的，在一个清澈的乐音里透明。如果，伯牙啊，这乐音仅仅是一声鸟鸣，透过了悬铃木叶片细密的筛选屏，又透过市声吵嚷的噪音封锁线，从一座教堂的陡峭银瓦上快速滑下，又拐进一条螺蛳壳弄堂，并且再拐向荒芜的小花园，从一个已难挹缝的窗隙挤进早餐的客堂间，准确地落入一张鼓膜微颤的耳朵，在光阴之城，那个人是否因此完成了倾听的一生？

62

文字谱

一场雨中断一支乐曲

特别当雨已经溢出

乐曲，雨已经成为

乐曲之外那真实的雨

它中断乐曲

天气侵入了奏弄和倾听

一场雨添加

想象的**流水**

一场雨联接

流水和青空

那雨中不能够继续的左手

停留在弦上

遗忘在弦上，像一只
栖止的吾丧我斑鸠

那无名指弯曲
欲跪欲按

在雨之滂沱和喧哗中
收敛，还原，却又仿佛

正召唤更为豪迈的
大雨

斑鸠会抖去
浑身水份

为了让雨意再一次充沛
为了让左手

在雨的交响里
成为不能够中断的奏弄

63
演奏与倾听

在光阴之城，白昼和黑夜并不是彼此轮回和互相替代的。作为完整一天的两个部分，它们又是共同的部分，相互摄取和彼此交融。不仅在黎明或黄昏，像站在两条大河汇流的三角洲，看出于各自源头的鱼群贸易、交配和混淆，你，有如我，会看见月亮，被从黑暗递交给光明，要么，相反，又由光明送还给黑暗；甚至夜半或正午，昼夜也会是对方的核心。在正午，有时候，一组星宿会显现，与光阴之城的塔楼和纪念碑构成仿佛被漂白的夜景；而夜半出现在塔楼和纪念碑之间的阳光，不可思议地，会是一个略微黯淡的白昼之镜像。正是在这样的昼夜流转和昼夜渗透里，又如同春分和秋分的昼夜平分，一个被称为音乐的场合，由演奏和倾听共同构成了。

*

在演奏深处，如同在黑暗深处，在正欲把素琴弹拨的那个人深处，一种控制力无以名之，要由你来命名。而在你，伯牙啊，还没有将它命名之时，倾听已经令演奏开始了。倾听在演奏里，如众人频繁的日常生活在光阴之城里，成为这城市的使命和目的；倾听又有如一粒注入子宫的精子，几乎能诞生演奏的新生命；但倾听更可能是一次演奏的死亡方面，像新生命上空必然的鬼魂，总是降临在光阴之城夜半一线黯淡的阳光里，却会因天鸡的一声啼鸣而悄然隐去。无以名之的仍未能名之。要是能够从倾听深处为那种莫名的控制力命名，那么，我，子期，在其中相谐的又会是演奏。演奏也分明是倾听之诞生、生活和死亡，是光阴之城正午的黑暗。

*

当你把倾听从演奏中分离，那么，子期，会有一个异于原先倾听的倾听，再次从演奏深处诞生。这有如一座光阴之城的变数之城，沉浸在永无夜晚的白昼，那里也总会有按时的睡眠，睡眠里一连串反复的梦境，以及得以在梦境里断续的另一种夜晚。不假于自身之外的演奏之倾听，是演奏的一个绝对控制力，终于要被我命名为灵魂。不同于那个从演奏之外注入演奏的倾听之鬼魂，它是演奏在自我成长中自发的神启，是白日梦中黑色的觉醒。几乎是由于相同的觉醒，一个把演奏分离出去的倾听也获得了自己的灵魂。在不假于演奏的倾听内部，你又能从寂静里听取怎样的造化之演奏，怎样的天籁，怎样令倾听不再的音乐。对于我，伯牙，它们仍然是不可思议的。

VIII

复　起

现在，夜风吹干了伯牙的衣衫。在此之前，跟上一夜一样，他曾经被一轮满月照白，又被从贯穿光阴之城的逝川里泛起的水雾濡湿。一次循环已近乎完成。伴随着无端虚脱之感的暗自兴奋将为他带来新的晕眩、新的飞升和新的欲望。但想象的方式却依旧是昨夜的，他所要想象的，也依旧是同一个子期的同一种沉默。当又一个黎明像眼睛睁开，伯牙意识到，他顺着逝川进入这座光阴之城，其目的原来不是为了在它的码头边奏弄一曲，而是为了将一曲奏弄献给沉默，并在那听者的沉默里，听到有别于自己的**流水**。事实上，真正的奏弄者是听者子期，只不过他动用的不是手指和七弦琴。子期的奏弄在伯牙的乐曲、小码头的落日、光阴之城的喧哗、逝川之上的冥想、追忆、迷失、技艺、以及**流水**带来的起源、净礼仪式、再生性、镜子皮肤、迷宫内脏、折光、幻象、回潮、暗影、清澈、浑浊、鱼鳖、泥沙、舟楫、原木、尸首、旧梦、瓶中信、避孕套、脂粉盒、笔记本、其中的言辞水母和以时间为比喻的莫须有本质间展开。而他的听者是奏弄者伯牙。一次循环已近乎完成。如果在一年以后，要么在十年以后，当伯牙的旧船又泊靠于光阴之城迟疑的小码头，谣传中听者子期的死讯，对伯牙而言，将会是他自己的死讯。这是因为，实际上，它是一种修辞，想要表明子期已无法再在伯牙的奏弄里保持沉默，把沉默之奏弄还给伯牙了；而未能以自己的奏弄令子期沉默，并在他的沉默里幻听到一曲**流水**的伯牙，将无疑是一个丧失了奏弄者生命的伯牙。在象征的意义上，这意味着，子期的沉默之后，将不可能再有作为奏弄的新的沉默了；伯牙的幻听之后，也几乎不会有作为沉默的新的奏弄了。所以，跟每一种传闻都不相似，听者子期之死的谣传，来源于令伯牙体内的奏弄者致命的一连串幻听，以及他断然的绝弦弃琴。一次循环已近乎完成。

64

空无与梦想

稍加留心，在向晚的桥头和路灯光晕渐暗的边缘，你就会遇到隐形听者，跟你一样，或几乎就是你，要听取一个琴人的音乐。如果为听取一支琴曲，他曾经一次次抵达又离去，经历了大海、镜湖、琴王星、环形监狱、月亮、金字塔、黑森林圣殿、传说之城、草原、名山、沙漠、又一片海域等诸多梦镜，于衰老中重返光阴之城，那么倾听，就会是他的一连串梦想所带来的梦想，并且将成为他梦想之终结。而如果那听者在光阴之城的桥头和路灯下度过了一辈子不曾有梦想到来的日子，他在衰老中听到的第一支琴人的乐曲，就会是他的第一个梦想，要终结他长达一生的空无。这两个听者，哪一个有如你，或几乎就是你，在音乐的梦想里经历又一生？

*

在梦想的音乐里，隐形听者经历的是一个琴人的一生。跟随着曲调，他经历海域、沙漠、名山、草原、传说之城、黑森林圣殿、金字塔、月亮、环形监狱、琴王星、镜湖、又一重大海等诸多梦境，于一曲终了处重新回到了光阴之城。如果，隐形听者在琴人的曲调里经历的梦想，又正好是听者已经历的一生，这梦想的音乐对于他是否就近于空无？而如果在音乐里，他经历的梦想迥异于自己一生的空无，那梦想是否能填充其空无？也许，子期，就像你此刻听到的复起的**流水**，并不关涉你以往的经历，在光阴之城里，隐形听者到琴人的梦想里经历又一生，正表明他自己一生的空无，是不能被梦想的音乐取消的。

*

然而，你会说，被隐形听者在音乐里梦想的琴人的一生，毕竟是属于梦想的一生。如果那曲调必须在经历了一个又一个梦想的破灭，于一生的流浪后重返早年的光阴之城，才能在衰老中第一次被听取，那么它会让成为空无的一连串梦想又一一复现，并且那复现正构成全部梦想的音乐。而如果梦想令听者的往昔只剩下了空无，那空无则会以一个漫长引子的方式，被梦想吸纳，不再是空无了。果真如此，隐形听者从音乐获得的就会是一个这样的调度员，令每一次穿越火车集散地的列车经过同一个道岔，并且在经过后，每一次列车不觉都朝向了同一个方向，共同的方向，仿佛每一次列车也可以是另一次，是同一次。隐形听者的两种空无被同一支梦想的琴曲取消，但填充空无的，是梦想还是新的空无？

65
文字谱

邮差又闪现
　　绿衣

黄昏自行车
　　刹紧

一天两次
邮差来而复去

他递送
同一封慢信

同一个
消息，同一声

问候和
同一署名

其实是同一句
弦上的曲调

同一种奏弄
来而复去

是怎样的
　指法

怎样的
魔幻

怎样令时间
来而复去

来而复去
像幽谷流泉

一条河被邮差
路过了两次

66

凝神与空无

被火山灰覆没的传说之城渐渐显露，有一天会成为光阴之城的圣
地废墟。它的中心，凝神的场景将会为空无提供形式。在那里，
你，参观者中间的一个参观者，更关注侧面相向于琴人和一张素
琴的听者。他现身在石头里，并因为石头般的凝神而听到了琴人
不存在的曲调。众多参观者惊异或扼腕，当他们尚未被石头所呈
现的凝神场景也带入凝神，那已经在凝神里渐渐隐形的听者是无
谓的。没有人能听到听者从空无中听到的音乐，参观者面对的听
者之凝神也只能是空无。然而，还好，你先于参观者被带入凝
神，于凝神中听到了不存在的音乐。并且，你发现，于凝神中听
到的不存在的音乐才是废墟之空无的形式，同心扩展开精舍、花
园、楼宇的大概样式，街巷的纵横布局和传说之城的轮廓、结
构。它进而将扩展为光阴之城。而在光阴之城，如果，一个听者
在火山即将喷发的末日，并不能达到倾听之凝神，他侧面相向的
琴人和琴人俯向素琴的奏弄，对于他也只能是一片空无。

*

不过那听者抵达了凝神，恰巧在火山喷发之时。或许，火山喷

发对一座城市生活和时间的断然中止，令那个做不到平心静气的听者收敛、石化、被迫寂灭，获得了凝神，因为其凝神，不存在的音乐得以被听见，已经摧毁、成为光阴之城里圣地废墟的传说之城，也并不仅仅是一片空无。要是你，子期，先于其余的参观者，以凝神隐形于现身的石头听者的凝神，你听到的甚至不会是不存在的琴人不存在的奏弄。在音乐里，你发现，灭顶之灾到来的那一瞬，一座传说之城的完好：曲调绕梁的精舍、掩映的垂杨柳、香樟和栀子树，将它们圈于其中的花园，度日中突然警觉的市民、沟渠、楼宇、街巷和城市，以及一条穿城的逝川，逝川岸畔一座跟光阴之城的小码头一样泊靠着一艘旧船的小码头，码头上一个专注的听者，侧对着善琴者，善琴者俯就的一张素琴，和正在奏弄中复起的**流水**。那么，子期，那一瞬间的传说之城是否就是这光阴之城？而当你对之有所旁骛，凝神涣散了，你能够听到的其实是空无。

67

言说与凝神

屏息的幻象听者专注，在一曲奏弄里抵达凝神。这凝神仿佛音乐里一柱通天塔现身，升起，要上接大宇宙深广的凝神。而流传于光阴之城的通天塔故事里，一派言说分析凝神，并且因为凝神被分析，它也被消解，令通天塔欲坠，废止于中途。众多的建筑队驻扎于这则流传的故事里，它们的工程师广泛地论证、更充分地争议、更详尽地描述，并且去公布一步登天的想象之辞。言说在舌尖上继续，通天塔四处流传，向高处升展，近于极限，却因为不能够上接大宇宙深广的凝神而仍只是未完成，不断被改动为不同的故事，不同的言说。在一次新的改动之中，会有一个属于光阴之城的琴人，出没于通天塔工地和简易凉亭，企图以奏弄令众多建筑队恢复或达到建造通天塔起码的凝神。那样的凝神里，像一个初学者可以在略微倾斜的桌面上终于把喜蛋之柱叠放，屏息和专注下，一方方巨石也将被叠加，又一次次叠加，直到石头的通天塔上达无限，承接大宇宙深广的凝神。因琴人的奏弄而凝神的却唯有幻象听者，他屏息，专注，令一柱乐音的通天塔现身，升起，他叠加于琴人奏弄之凝神的倾听之凝神，则很可能是那柱通天塔本身。如此，子期，这故事已暗合于那个把通天塔建立的关键归结为凝神的牵强附会，却又一样消解了凝神。因为，你知道，故事无非是一派言说。

68
文字谱

一双手赋予声音以形象
这就是奏弄

这就是奏弄在素琴上
产生了音乐

燕子超低空
追逐飞虫

像一个运动员
和他的影子

从十米跳台
跃入游泳池

并没有溅起过多的浪花
仿佛左手

拇指、中指和无名指

起落，抑上抑下

要带给音乐的

仅仅是一个时间的来势

这乍来忽去的乐句

俯冲，收拢翅膀

也许会最后

再一次空翻

终于

入水

由指法带来的形象则反映在

游泳池穹顶

那是声音，被视为音乐

被听成了奏弄的又一种隐喻

69

虚构与言说

在光阴之城，在葬礼结束后，在从殡仪馆返回各自公寓的途中，那些曾围拢尸体默默致哀的人们，会有一种从死亡返回出生的感觉。在自家起居室的软椅上坐定，要么在晚餐以后，深陷于被越来越昏暗的落地灯光芒笼罩的阅读沙发，那些人会分别去回味回家路上奇异而带一点振奋的感觉，并把它当作宣叙者按惯例反向言说死者一生的虚构之意外。在葬礼上，宣叙者的言说常常从摆放在面前的死亡开始，然后是病入膏肓，是沉疴和病天使的侵入，是老年和精力旺盛的中年，是青年和发育中的少年，是童年、婴儿期、子宫深处的黑暗。回味中，人们总能够轻易就觉察到，宣叙者言说的每一细节都如此真实，但他却虚构了生命历程的时间向度，为了让从葬礼回家的是一群哪怕临时的乐观主义者。只有一个影子听者，在沉睡了一夜后，到盥洗室面对嵌于墙面的翠绿瓷砖之间的镜子，会因为看到了自己的幻象而突然意识到，从葬礼回家途中被虚构的感觉，更可能是因为一个琴人在殡仪馆先于宣叙者言说的那一番奏弄。那奏弄正好是一面镜子，以改变声音向度的方式呈现一支**流水**乐曲。如果那**流水**

曲调是镜子般的虚构，那么音乐也无非是言说，其言说的反向性，影响了葬礼的那个宣叙者。

70

意会与虚构

从繁复、迷乱和变幻的星空里，占星术士会找到一组隐约的星座，将它们对应于他身在其中的光阴之城。打开三层阁红漆斑驳的上启式老虎窗，那占星术士架起又一副高倍望远镜，想要把已经被视力追上的星座和星座间的移行或换位看得更分明。那偏于一隅的遥远众星的每一次闪耀和黯淡，几乎不具备光芒之锋刃的几颗恒星的环食，或行星遮闭卫星的月全食，以及星座们飞翔中偶然的小角度倾斜，都会被占星术士一一记下，又仔细掐算其中的变数。仅仅是出于意会之心，占星术士以细察天象来料想纷纭的光阴之城，似乎能预知将要从时间里发生的未来。光阴之城仿佛天象的一个影子，而其中的那个影子听者，也有着相同于占星术士的意会之心。从一个琴人或许的奏弄里，影子听者听到了迟疑、悠缓、欢悦和宁穆，也听到了忧愁、悲哀、疼痛和沉郁，以及狂喜，以及怨恨、安逸和美。它们不过是意会之心对音乐的虚构，像占星术士为天象虚构的对于光阴之城的意味。

*

从那条将意会虚构的定理，会有人获得相反的定理。会有人混

159

迹于光阴之城，成为反面的占星术士。他悠游于下午的街心花园，要么到逝川岸畔稍歇，到防波堤北侧的旧书巷浏览，到恐龙博物馆，无所事事，在高大门拱的黄昏之中；有时候他会从西区到东区，一连穿越九座小广场，又经历邮局，紫水晶拐角的法院和交易所，由银箔包裹着洋葱头顶端的花岗岩气象塔，和湿漉漉腥气的三角地鱼市场；他也在人群中穿梭往还，胸袋里装满了市长、大主教、银行襄理、夜总会领班、记者和跑堂、艺妓和运动员、小诗人和玻璃匠、戏子、推销员、琴人和估衣商的各色名片。从光阴之城的每一变幻，他推测一组隐约的星座，意会其闪耀和黯淡、恒星在其中的环食、偏食、几颗卫星的相继全食，或不易察觉的天象之倾斜，仿佛星空，是光阴之城的天河倒影。在天河倒影的光阴之城里，一个影子听者，是否因为内心的忧愁、悲哀或欢悦，以一条将意会虚构的相反定理，把一支琴曲虚构地意会？

71
文字谱

像一重微澜被蜻蜓
点破，食指、中指和

无名指
交错

提升一个音
泛滥一个音

让空气几乎又有了
雨意，因为云阵

已经在水族馆上空
合拢，并且闪电

鞭子一样从里面甩出
抽打玻璃间另一重微澜

雷霆到达得略晚

甚或并不轰鸣

在弦索上，左手的

意图只是要听者

以掩耳一般的

畏惧、警觉、防御和期盼

震惊于一个

弦外之音

它可能更晚于雷霆

却跨坐光速的

马背，它几乎是

另一道闪电

从云阵甩出

照耀被蜻蜓点破的微澜

72

欲望与意会

当弦索间一个乐音被拨出，被空气递送，它寻找有一副欲望耳朵的幻象听者，要让他听取，要让那幻象听者，意会乐音里一个琴人胸中的欲望。这就像一轮初月上升，照临光阴之城十字街口的矩形蓄水池，为了把自己的鹅黄色形象，涂抹在水底朝深蓝转化的晴空之中。而一架锦瑟的角音振动，为了去回应由天井隔开的另一间厢房里，一张素琴振动的角音；这也许能弥补，子期，前一个比方的未足之意。并且这琴瑟呼应的拟喻更提示，那琴人的欲望也正是幻象听者的欲望，听者从乐音里有所意会的，无非是自己胸中的欲望。这就像在光阴之城上空盘旋的喷汽式飞机，它模拟鸟儿的形状和姿态，因为它有着跟鸟儿一样的飞翔的意愿。

*

不过，当幻象听者在曲折的拱廊和拱廊间交错的花枝下听一只鸟儿的鸣啭啁啾，并有所意会，他的意会里也有着鸟儿歌唱的欲望火焰吗？很可能，子期，他所意会的，仅仅是自己内心深处的欲望火焰，把鸟儿的鸣啭啁啾照亮。所以，在光阴之城里，在飨宴之时，在中秋之夜或赏雪之晨，在桂林园或壁炉里炭火无声地殷红的敞轩暖厅，一个微醉于灯笼和不复返的良辰的美男子，会多情地意会一次错拂弦，把那个用香舟送来的助兴者，于三十六朵烛火间抚琴的艺妓在弦上偶然的小小失误，归因为奏弄者胸中有爱情涨潮、泛滥。实际上，你知道，酒之波澜已经卷走他泛红的耳朵的良好听力，这识琴的人儿一看，再顾，他要让抚琴人，意会他倾听中勃发的欲望？

*

然而，子期，像两个爱情的隐含者，当一个正走过光阴之城最细长的那条街，一个从一座陡峭的旋转楼梯上下来；当他们两个一个从一片小广场穿过，一个飞奔着赶一辆公交车；当其中一个刚刚拐向有一座玻璃亭车站的新街口，另一个恰好自被玻璃筛选的阳光里迈向更明亮的阳光；他们相遇，稍稍对视，未必就意会了各自内心相似的火焰而相互认出；一个乘扁舟漂泊的琴人，也仍然会错过桥上燃烧着欲望火焰的意会的听者。这不同于一个寡居深宅高阁的欲望少妇，以她的倾听去磁化光阴之城的另一个琴人。那琴人会穿过三百条横街，又越过三百重围墙，到她夜半半卷的珠帘下奏弄一曲，表明他意会了少妇的欲望，并成为幽闭爱情的另一磁极。

IX

插　曲

第一个星际人：……继续深究。既然音乐是纯粹的形式，就应该在它的定义，这形式的抽象里找到其观念。

第三个星际人：……然而，如果不回过头倾听音乐，就将会失去音乐的另一类抽象，譬如时间的弧线或锥体，音调的拱形或回旋，可能的对称、倾斜、逆向和上行……

第一个星际人：万物在观念中获得终极。有了观念，就不必倾听。倾听不过是感官的徒劳，正如演奏是观念的徒劳。

第二个星际人：万物却存在于感官之中，甚至观念，它也只存在于当感官被其刺激之时。

第一个星际人：一旦说出，被刺激的感官也便是观念。甚至当感官感到被刺激、感到自身正在感受，它也已经是一种观念了。被耳朵听到的音乐，在脑中化为音乐的观念。并且唯有当音乐的观念在定义里形成，耳朵才有可能听到音乐。

第二个星际人：耳朵却必然改变观念。如果，耳朵从噪音、吵嚷和大声喧哗里获得快感，它们就成为这耳朵观念之中的音乐。具体的感官，不相信来自定义的音乐观念。

第三个星际人：可是，音乐并不是观念和快感。请回到它的纯形式之中。曲式、调性、音程、结构、声部、卡农、和弦、动机、应句、赋格、强拍和倒影对位……

第四个星际人：……我倾向于达到存在之幻化。从倾听的时间方式，进入演奏的时间方式，并且把演奏带回倾听。我倾向于因为音乐而不知道自己是存在于演奏曲调所给予的时间，还是倾听曲调所付出的时间，还是回忆曲调所复得的时间，还是想象曲调所预支的时间。或许，我并不存在于某一时间里，而是穿行在时间的各类空间形式里。

第一个星际人：……这一切毕竟仍只是观念……

73

期待与凝神

将一块向逝川凸显的巨岩命名为**守望**，是因为在它的石头姿势里，有一个少妇的望眼欲穿。那少妇期待过夫婿回还，她夫婿持续一生的不归，则为那少妇遥遥无期的期待带来了石头凝神，直到她终于去成为石头。并且，在光阴之城，当一个琴人到巨岩**守望**上有所奏弄，跟曾经攀上这望夫石肩岬的水手、樵夫和旅行家一样，他也会成为又一个期待者，期待也许会乘船到来的听者现身，被深思熟虑的即兴一曲带入凝神。如果他等候了一个上午，那琴人又等候一个下午，当暝色四合，却仍然不见有航船到来，那么，子期，那琴人会不会继续期待？长时间的期待要把他带入期待之凝神，像他趺坐于其上的石头，他也会成为可以被名之为**守望**的石头吗？

*

也许，在期待一个现身听者的凝神之前，期待者琴人首先期待的正是他自己的奏弄之凝神。当他把期待化入凝神，由凝神幻化，一个并没有现身于绕过日边、顺逝川而来的航船的听者，会现身于琴人凝神的一曲，会因为倾听琴曲而凝神，直到成为

167

另一块石头。即使，凝神只不过虚幻地落实了悬浮的期待，它也仍然像琴人之期待的一条捷径，捷径抵及的超出了当初预料的目的地。从凝神回顾，期待是否会模糊、淡化、烟消云散呢？甚至，像光阴之城里传说的少妇，因望眼欲穿而化身为一块凝神之石，却由于凝神，不再去在乎夫婿的归来了；琴人于期待中由一曲奏弄带入的凝神，也总是能满足持久的期待，能够因一次满足之虚幻，不再去期待听者的现身、期待和凝神了。

*

于是，当一个乘船绕过日边、顺逝川而来的听者现身，向着名之为**守望**的巨岩，他会更注意从期待到凝神的、跃坐于石头肩胛的琴人，并期待能听见也化身为石头的琴人的一曲。在石头琴人的凝神面前，这听者的期待注定是漫长的。持续的期待，几乎被捆绑在缓缓移行的时间飞艇之上的寂静，也一样令听者进入凝神。正是在现身听者的凝神之中，在光阴之城，石头琴人又有所奏弄，又有所期待，仿佛因为不仅于听力间存在的音乐，一个少妇的望眼欲穿里重新有一个即将跃然回还的夫婿。新期待带来新的凝神，凝神和期待是一种循环吗？我知道的仅仅是，一曲**流水**出于你长及一生的期待，而你对**流水**的倾听之凝神和凝神之幻化，是我所期待的，并且出于我期待之凝神。

74

文字谱

空气激荡空气
直到在耳畔成为音乐

那激荡空气的
弦索和手

被听到音乐的
一颗心激荡

而无以名之的
怎样的大秘密

会激荡
一颗心

会让一个人
奏弄他想象之外的音乐

在想象之外
七根琴弦是

七种品德，是
七类星象

是七个元音
以炫耀的七色

织起了霓虹
那跨越的霓虹

异于听到和
想象的音乐

却等同于**流水**的
七次起伏，七重叠句

空气在指间的
七番激荡

75

言说与期待

在光阴之城，一个幻象听者的现身，总是跟晚报对琴人的报道有所关联。入夜时分，在一家小旅馆尚且昏暗的床头灯边上，刚刚被递送过来的报纸，言说着还没有开始的一次奏弄，它带给听者的期待是热烈的。如果，晚报上的言说几乎是光阴之城存在的理由，尚未开始的被期待的奏弄，因为被言说，就已经存在于光阴之城了，并且已经是光阴之城的又一个过去，又一块可以使这座城市更加巩固的时间之砖。那么，在小旅馆里，在接下去拨打又拨打的订票电话里，在赶赴音乐厅的计程车里，在直到那琴人把素琴摆放于聚光灯下，俯身去抚弹之前的夜和白昼里，听者由于言说的期待，也是对已经发生的奏弄之期待吗？当光阴之城的晚报令奏弄首先发生在言说之中，幻象听者所期待的，是没有被言说妨碍甚至规定的一次奏弄，还是遵行于言说，足以印证先于奏弄之言说的奏弄呢？幻象听者再翻阅一遍晚报的言说，光阴之城已沦入黑暗。很可能，他不知道，他对于来自言说的奏弄之期待，将会是徒劳的。

幻象听者期待过一次并不被言说妨碍，并不被言说规定的倾听。当琴人到来，低眉奏弄，他清越、雅淡、曲折幽独和深微不竭的一曲，则要令幻象听者的期待落空。因为，那琴人的奏弄总是跟晚报上先于奏弄的言说有关，言说像一只刻度标画清晰的量杯，倒入其中的奏弄之水，被自动和强迫地统计着容积。即使那琴人并不奏弄，言说量杯也已经把曲调的零度测算了。但怀着一个相反的期待，那幻象听者却又听不到完全等同于晚报上事先言说的奏弄之奏弄。实际的奏弄，令幻象听者又一次落空。言说之量杯，毕竟不会跟奏弄之水合为一体。那么，子期，如果你是那幻象听者，要么你曾经现身为一个幻象听者，在晚报的言说带来的期待里，你会期待怎样的奏弄呢？也许你期待的是关于奏弄的事后言说，或许你更愿意期待晚报上先于倾听的相关言说。在涉及倾听的相关言说里，你读到你期待于倾听的意义，你作为听者现身于光阴之城的意义，以及你对于**流水**的意义。你翻阅晚报上这样的言说，期待也沦入了到来的光阴之城的黑暗。

76

欲望与言说

幻象听者对光阴之城里两座服装市场的兴趣，并不由于它们的迥异。对称于贯穿城市的逝川，在它的左岸，能够被上午的阳光充分照耀的公园一侧，摊贩们向那些身材妖娆或曲线诱人的小蛮腰夜女郎出售的衣饰，常常是近乎乌有的一件。从一堆堆剪裁的窄小轻薄里，能够见到的总是比基尼、紧身衣、丝网底裤和尼龙超短裙、蝉翼文胸或玻璃纱睡袍，以及只不过是几根细带缠绕的休闲衫，和凸显丰乳的低开领礼服，以便让肉体比赤裸更放肆。在逝川右岸，披挂晚霞的旧宫殿旁边，一些瘦削的顾客，胸脯平板和腰身佝偻的顾客，会选一条使两腿看上去仿佛灯笼的裤子，或者使形象近于牛仔的劲装，或者要让人联想到石榴、喇叭、筒子及八卦的火红长裙。在那里，集中出售的总是绚烂的，总是厚实的，总是浓重和卖弄夸张的那一类衣饰，似乎想要让身体消失。不同于这两座市场间人们势同敌忾的不来往，幻象听者常常将它们彼此混淆。尽管其中一座是欲望，另一座则一定代表着言说，但幻象听者却无法确认两者间谁是欲望而谁属于言说。所以，在上午，幻象听者消磨于左岸的服装市场，在晚

173

霞渐暗时又出现在右岸的那座市场里。有时候，他又把闲逛和玩味这两者的时间来一个颠倒。在这之后他有所倾听，从琴人的奏弄里，他总是能分清欲望和言说。

77

文字谱

当虚无自天际映入**流水**
心情的蓝色会浮现出来

心情的蓝色是
不竭的奏弄

它表明想象
有一个作为目的的核心

有一个作为目的的形式
它塌陷进蓝色之中的

蓝色，它是从虚无
向着虚无

但奏弄的虚无
会带来蓝色

那是蓝色之外的蓝色
那是音乐

从中心扩散
如喷泉激射又落入

低处，在那里音乐
更为广泛，返回、聚拢

奔赴奏弄的另一种形式
另一派不竭的**流水**大海

它的核心是别样的
蓝色，阴沉、忧郁

反向对应于心情的晴明
然而在一个转念之间

奏弄豁然开朗
它是蓝色之上的蓝色

78

虚构与欲望

路过逝川岸畔开阔地带的影子听者，将会被一次风筝会吸引。他临时伫足，在仰看了各类蝴蝶、蝙蝠、金狮子、孔雀、团扇、荷叶和郁金香风筝后，将注意力转向了一尾鲤鱼风筝。被一个小男孩卖力地操纵，借助于没有人见过的半高空气流，那鲤鱼风筝翻飞得更高，似乎将融入蓝天的无限深邃里。这风筝的欲望，也正是将它牵扯的小男孩的欲望，想要把融入化作一次向生命的跳跃，成为一尾真正的活鲤鱼。当逝川在下面有所波动，映现于其中的那一带天空，那并未被张开的香樟树冠盖、稍低一些的张开的遮阳伞和无望潜游得更深的风筝们挤满的部分，看上去像一注虚构的**流水**时，这一欲望就差一点达成了。鲤鱼风筝在它的倒影里，就仿佛一尾游泳的活鲤鱼。而如果欲望在逝川倒影的虚构里达成，不只在一个比喻的意义上，那影子听者就应该以侧耳这倒影般的虚构令一架素琴风筝奏鸣。并且在天空把奏鸣的素琴风筝虚构，正好是影子听者的欲望。如此，你知道，在光阴之城的风筝会上，先于欲望的又正好是虚构。鲤鱼风筝令小男孩欲望；鲤鱼风筝和小男孩的欲望在天空倒影里虚构**流**

水，令一个影子听者欲望；现在，影子听者欲望的素琴风筝之奏鸣，又虚构了另一个倾听的欲望，你，子期，在倾听的欲望里，正将我奏弄的欲望虚构。

79

记忆与虚构

有轨电车从来就不曾驰行或停靠于光阴之城。它的身影，也并不出没于老城厢一带。在老城厢一带，窄小的铁轨深嵌在两条台格路中间，这遗迹要保留的不是记忆，而是记忆之中的虚构。正是在记忆的虚构部分，被挤压得更深的铁轨中间的石板开裂，裂缝里有一座蚂蚁国隐晦的地宫显露。更窄小的铁轨铺设在地宫里，蚂蚁司机驾驶着微型有轨电车，纤细的铃铛在车尾轻响。必然是对这一虚构的无限放大，在你的记忆里，隆隆驰过的有轨电车有虚构的陈旧，一个琴人，会坐在最为陈旧的车尾，看意指往昔的一幢幢老房子迟疑地掠过。而他则无尽地后退，又后退，于后退中，作为你倾听之记忆的一曲终究被奏出。当你，子期，在回想里令这支琴曲回响，这回响的音乐是虚构的音乐，会逆向地证明琴人、有轨电车、蚂蚁司机和深嵌在两条台格路中间的铁轨的不存在，以及你记忆中虚构的那部分。尽管带来这虚构之音乐的所有记忆都只是虚构，那琴人在后退的车尾奏出的曲调，却仍然会被你一次次记忆。

*

像一辆有轨电车，被一次次记忆的曲调出于虚构，无尽地后退……在它那最为陈旧的车尾，是影子听者，看到愈益缩小的街景，鳞次栉比排列着茶楼、钱庄、出售忍冬和素馨的花店、出售梨膏糖和党参的药店，以及妓馆、戏院、当铺和金匠铺，隐没进昔日的老城厢轮廓。出于一种虚构的必要，在记忆的音乐里，被窄小的铁轨挤压的石板，会向那影子听者显露年深月久的裂缝。裂缝里一座蚂蚁国地宫，行驶着看不见的有轨电车，其缓慢和反复，是否不存在的音乐之回响？在那样的回响里，蚂蚁鼓琴手微弱的一曲，会是你更为隐晦的回想，其中的茶楼、钱庄、出售忍冬和素馨的花店、出售梨膏糖和党参的药店，以及妓馆、戏院、当铺和金匠铺，则肯定是回想带来的虚构。反复再反复的如此倾听里，子期啊，虚构和记忆一个是一粒被抛入**流水**之中的石子，一个就会是泛开的水波间月影的破碎和重新圆满。而将石子抛入，又耐心地等着看**流水**复归平静的那个人，是你，还是我？

80
文字谱

会有一刻
奏弄抵达其木

素琴还原为
梓桐

手多么枯槁
只拨出黯然

滞涩、光泽内敛的
反面的光泽

那近乎一个
听不见的低音

从寂寞背后
隐隐浮现

如凤雨衣口袋里
一枚旧镍币

被拇指或许地
抚摸、轻拭

上面的图案
已快要磨平

木的境地
系于时刻

系于抵达了
奏弄中出神的

第四度空间
在那里

木然，是
手，也是心

81

空无与记忆

在光阴之城，一则被琴人们唱奏的传奇是你所熟知的，其狐媚、迷宫、雨中的引诱和倏忽到来又蓦然消逝的爱和交媾，会让你，子期，在一曲**流水**奏罢的此刻又有所叹喟。这是否因为，跟一个隐形的听者相似，你也在记忆里受惑于无从记忆之空无。像那个夜行人天明后寻访并不存在的销魂之地，以印证过去的实在和确切，却反而被一个乌有取消了昨夜的记忆，甚至取消了时间昨夜；当一曲终了，听者不能够再一次听到同样的一曲，一个人不能够两次涉足同一注**流水**，那么他，或许你，对一派音乐的记忆就仿佛对空无的记忆，就仿佛一个记忆之空无，似乎曾经被听取的曲调并不存在，以倾听的方式确证自己存在的那个人并不存在。

*

天明以后，当那个夜行人重访同一座光阴之城，在每一个可能的地段寻找曾令他销魂的色情迷宫；当他又已经把整座城市的户籍卡片细虑了一遍，想要让昨夜的美人从纸上重现；在这两方面，当那个人获得的都只是空无，他首先怀疑的是他的记忆，进而，他怀疑他自身，却并不认为昨夜经历的狐媚、迷宫、雨中的引诱和倏忽到来又蓦然消逝的爱和交媾是不存在的，并不认为昨夜对于他其实不存在。他宁愿相信，他关于昨夜的记忆，或身处昨夜的自己，是属于空无的。这大概能解释听者为什么是一个隐形，并且有一段跟琴人奏弄的曲调相当的记忆之空无。当记忆和有所记忆的隐形听者把自身设想为一种不存在，琴人的奏弄及其音乐，就不会是可能或后来的空无了。

*

隐形听者在空无之外令琴人和音乐确切地存在，为了能够把奏弄倾听，在倾听里记忆他曾经听到的或许的一曲，并由于忆及了已经不复存在的曲调，他曾经沉默于其中的时间就不再是空无。这是否表明，在另一个解释里，不能被记忆所及的乐音是空无的乐音，那弹拨了空无乐音的人，也归于不存在？如果那夜行人失去了记忆之中的狐媚、迷宫、雨中的引诱和倏忽到来又蓦然消逝的爱和交媾，光阴之城里关于它们的那些唱奏，对于你是否也一样空无？在这座小码头一艘旧船的前甲板演绎的复起的**流水**，会因为你能够预料的死亡而遗忘于记忆。如此，子期，去成为空无的是否也轮到了善琴者伯牙？而当我仅只是一个空无，在记忆深处，空无又怎样被明辨和默认……

X
煞 尾

伯牙将经历又一种传闻。他的倾听者离去；他的旧船启动；他的琴又放回已经有一二处补丁的布口袋；他现身于光阴之城的幻象隐形，或只剩下能够被子期之死复活的影子了。那影子不过是未及被琴套收藏的余音，余音由空气送还的回声，回声有可能引起的幻听，和幻听会带来的，致深的沉默里本质的寂静。而如果寂静是音乐达不到的理想的另一极，伯牙的身影，就无法穿越仿佛出浴于逝川入海口的大半轮旭日，从背面又重返同一注**流水**，同一个小码头，同一座仅存于曲调之中的光阴之城。一年以后，或十年以后，返回的必定是另一个伯牙，正像他面对的，必定是另一个侧耳的子期，因为已死去而不再以倾听使一次即兴的奏弄完满。他泊靠在宜于操琴的小码头，他的音乐谁又能听见，并为他架起繁殖数重幻听之对镜？他甚至不会再遭遇沉默，却直接成为了无边的寂静。让一个奏弄者终于寂静……如此煞尾，跟每一种传闻都不一样。

跋

流水是从倾听和阅读到来的写作。它不会仅仅停留在对倾听和阅读的赞赏不已，而要深化和穿透，要给那种牵丝攀藤的偶然想象以必然和切实——一种因为话语跟语法的一致般配而生的意义即形式的无可替代的说服力，要把某个方法论推至极端，更上层楼，从而超越之，从而成为所谓事先构思好、讲求建筑艺术的书……那支古琴曲和它的文本于是才真正未竟不已，言词**流水**于是才充沛借来的空渠……于是，就对应曲式结构布局篇章，就摹用和发挥文字谱的语言方式，就以臆写伯牙和子期传说作为展开，故事的知音主题，就贯穿这个由倾听和阅读而引起了写作的讽寓式故事（插曲依据人类妄想把古琴曲**流水**注入莫须有星际人耳廓的事迹，又去揶揄科幻文艺的宇宙意识）。不过，如果你注意到框入方括号的副题或题辞——［戏仿的严肃性］——你就不会仅仅从一个向度玩味其戏仿，玩味其严肃性。来自倾听和阅读的写作，也指涉倾听和阅读，渴望着回到倾听和阅读，这个有关知音的诗文本，更进行写作跟倾听和阅读的对话。实际上，你知道，是这种对话构成了写作，成为写作的核心，写作的全部，写作之写作，直至写作的自我解嘲和写作的枯竭。而作为人类伟大的创造，**格律诗**的程式化写作，

一千零一夜的环套式写作，**金瓶梅**的摘取充扩式写作，**尤利西斯**的对位式写作，从多么不同的方面言明了这种对话。我以这些写作为例，因为**流水**直接受到了这些不同方面的启示。

流水写于 1997 至 1998 年，曾于 2000 年收入一本诗文集面世。在此要感谢六点及责编古冈先生，能够将**流水**出成单行本。

陈东东

图书在版编目(CIP)数据

流水/陈东东著.--上海:华东师范大学出版社,2018
ISBN 978-7-5675-7533-2

Ⅰ.①流… Ⅱ.①陈… Ⅲ.①诗集—中国—当代 Ⅳ.①I227

中国版本图书馆 CIP 数据核字(2018)第 041818 号

华东师范大学出版社六点分社
企划人 倪为国

流 水

作 者 陈东东
责任编辑 古 冈
装帧设计 蒋 浩

出版发行 华东师范大学出版社
社 址 上海市中山北路 3663 号 邮编 200062
网 址 www.ecnupress.com.cn
电 话 021-60821666 行政传真 021-62572105
客服电话 021-62865537 门市(邮购)电话 021-62869887
地 址 上海市中山北路 3663 号华东师范大学校内先锋路口
网 店 http://hdsdcbs.tmall.com

印 刷 者 上海盛隆印务有限公司
开 本 787×1092 1/32
插 页 2
印 张 6.75
字 数 112 千字
版 次 2018 年 5 月第 1 版
印 次 2018 年 5 月第 1 次
书 号 ISBN 978-7-5675-7533-2/I·1864
定 价 58.00 元

出 版 人 王 焰